《名人堂》系列 主编 中岛 崔修建

在短瞬的尘世做着最长的梦

童 心·著

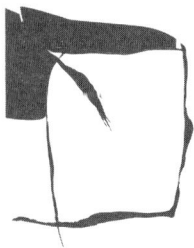

文匯出版社

图书在版编目（ＣＩＰ）数据

在短瞬的尘世做着最长的梦 / 童心著. -- 上海：
文汇出版社，2017.8
ISBN 978-7-5496-2249-8

Ⅰ．①在… Ⅱ．①童… Ⅲ．①诗集—中国—当代
Ⅳ．①I227

中国版本图书馆CIP数据核字（2017）第174535号

在短瞬的尘世做着最长的梦

主　　编 / 中　岛　崔修建

著　　者 / 童　心
责任编辑 / 熊　勇
特约编辑 / 吴雪琴　于金琳　季天乐
策　　划 / 任喜霞　索新怡　崔时雨
装帧设计 / 蒲伟生

出版发行 / 文汇出版社
　　　　　 上海市威海路755号
　　　　　 （邮政编码200041）
印刷装订 / 大厂回族自治县聚鑫印刷有限责任公司
版　　次 / 2017年8月第1版
印　　次 / 2017年8月第1次印刷
开　　本 / 880×1230　　1/32
字　　数 / 140千
印　　张 / 10

ISBN 978-7-5496-2249-8
定　　价 / 42.00元

· 总序 ·

新诗的变革时代已经到来

中 岛

博客中国"2017中国诗歌助力计划"必将成为中国新诗历史上最具影响力的诗歌事件,诗人《名人堂》系列的宏大,也必将与"中国诗歌助力计划"一道,对中国新诗发展历程产生深远的影响。这是一项前所未有的浩大的中国新诗呈现工程,它的价值在于突破诗歌环境的层层壁垒,让诗歌的"霸权主义",诗人的"墙体主义",诗歌的"老人脸色"不再影响和左右诗坛;诗歌不仅是思想灵魂的载体,也是人格的化身，那些以"霸占"诗歌资源，"一手遮天"道貌岸然的诗歌刽子手的时代已一去不复返了，新诗的旧时代已经过去，新诗的变革时代已经到来！

这是诗歌精神力量所致。

中国诗歌经历了漫长的发展与演变过程，无论是最早的古歌谣还是辉煌鼎盛时代的大唐诗歌，以及现当代的白话诗、口语诗，诗歌的进程都与当时的人文时代环境与变迁有着密不可分的关系，它不仅是中国文明发展历史的重要记录，更是创造与开拓生命与文化价值体系的重要组成部分。

尽管今天在多数人看来，诗歌已经辉煌不再，甚至是不值得一提，但是，如果再过去一百年二百年，诗歌的价值和重要性依然熠熠生辉，就如我们当今孩子们在成长中的教育培养缺不了诗歌一样，你生存与成长的土壤，都无法逃避诗歌对你的熏陶与影响，必不可少的与诗歌进行着"亲密接触"，因为它必定在潜移默化的为你和社会提供着一种精神和语言创新的帮助，它丰富语言体系的功能与生俱来，它承载与创造的精神生命永不停止。

从文言文到白话文的演变，是中国文化的一次非常重要的历史性变革，它几乎影响了昨天、今天和未来所有的中国人，影响着世界文明的进程。

每个时代的文化变革，诗歌的作用举足轻重，都起了领航的关键作用。中国现当代诗歌的发展是伴随着中国人文精神觉醒开始的，它可以说是中国五四运动的号角，是开启中国新时代的钥匙。这样的颠覆性的文字与精神"革命"，其价值是不言而喻的，而这样变革的领导者必定缺不了诗歌这样一种表达形式。

诗歌的意义更在于是推动人类文明进步的力量。

从1917年2月开始，中国的诗歌在改变着中国人的文化推动方式，其发生与发展影响至今，从胡适在《新青年》发表了《白话诗八首》开始，中国现当代诗歌就进入了一种全新的时代，中国的文化也进入了全新的时代，这是一个标志性的时代，而这一开始就注定改变中国和中国人的命运。

中国诗歌的作用如此巨大，它将继续这样的力量与光荣。

2016年是中国现当代诗歌发展100周年，我们将用一颗敬畏之心打开这一百年的诗歌光景，阅读和朗诵这些伟大而不朽的诗人，这是一种心灵的慰藉和世纪的对话。

胡适、鲁迅、艾青、郭沫若、食指、北岛等这些在中国现当代文学史上熠熠生辉的名字，他们的诗歌和文字一直在影响着这个时代，或许将会一直影响下去。

他们创造的生命之诗、心灵之诗，更是一个民族人文发展的伟大结晶，历史也将永远记住他们这些永不褪色的生命诗歌。

当今时代是一个能够创造出伟大的诗和诗人的时代，尽管更多人认为诗歌已进入没落期，诗人已经顾影自怜了，但实际上所有人都正在诗歌的土壤里活着，被诗歌包裹着，呵护着；这些人我想也只是从社会的表面理解诗歌，没有看到更深层次的诗歌影响力，没有看到浮躁背后那股甘甜一样的诗歌生命，正在努力的与阳光一道，为我们的生命与人类的文明提供着精神的养分。

诗歌永远是不声不响的成为五千年来中国人的生命与创新的力量，成为人类世界不折不扣的精神灵魂。

这些年，一直在不停写诗的诗人，越来越多，这样的持续性实际上非常艰苦，却依然留住了越来越多热爱诗歌写作的人，这是诗歌之外的人所无法理解的，也是不能理解的。尽管诗歌写作的方式方法不尽相同，其内心却有着同一个信念，那就是把诗歌植入自己的生命中，让诗歌成为自己内心的一处湖泊或者一条河流，用圣徒的心来推进人文的精神化与生命的智慧化。

现在的诗歌已经不像过去年代官府诗人那样，有生存的保障，甚至待遇非常高；也不是因为写诗歌可以堂而皇之地成为国家高级干部，有无比大的房子，有专用小汽车。

现在的诗人平头"百姓"居多，也没有任何福利待遇可言，如果仅仅写诗歌，一定会饿死，但是，这些诗人不怕，他们喜欢，有的不会因为贫穷而放弃写诗，也有极少数的诗人，成了百万千万富翁，但他们没有因为富有而放弃诗歌的写作，他们更懂得孰轻孰重，懂得人的生命所应该承担的那份使命与责任，这一群人有的一写就是几十年，不管春夏秋冬，不管有没有人关注，不管影响如何，不管外面的世界对诗歌多么的傲慢无视，他们依然坚持，依然诗兴喷涌，散发着独立自觉的诗歌艺术之光。这些诗人的伟大之处就在于他们非常懂得推进人类文明不是一个人的事情，人类的进步一定和诗歌有关。

正因为这些诗人的坚持，使诗歌的状态越来越具有教堂氛围，空旷、无边、宁静、干净。

这是诗歌的胜利。

诗歌是什么？我个人认为，诗歌是人类"高处"的灵魂，是生命无法抑制的绽放。诗歌可以通过一种"空气"净化的方式来影响成长者的精神与内心世界。

那些在写诗的同时，还在不停地为诗歌的发展作出努力的奔忙的诗人们，就更具有诗歌圣徒的境界与精神。

他们让诗歌充满了温暖与大爱。

博客中国"2017中国诗歌助力计划"《名人堂》系列诗集的出版也必将改变中国传统的诗歌出版模式，让沉寂在民间的优秀诗人获得公正的出版自己诗歌作品的机会，在他们中间一定会诞生伟大的诗人。

没有诗歌的时代是愚钝的时代。我很庆幸自己生活在一个欣欣向荣的诗歌时代。那些冲破生命阻力的诗人，那些句句划开时代症结的"匕首"之诗歌，是跳动的灵魂之火焰，正在以它充沛的精神，给予我们最精彩的时光，那是生命中最经典的日子。

· 序 ·

寻梦者的心路里程

——序童心诗集《在短瞬的尘世做着最长的
梦》

苗雨时

人生如梦。如果不是从虚无的消极方面来理解，那么梦就是生命的欲求和企望。诗歌是做梦的事业，诗人的职责是寻梦与圆梦。诗意的梦幻人生，负载着诗人的一部值得珍贵的生命史和一幅绚烂多彩的心灵图谱。童心的诗集《在短瞬的尘世做着最长的梦》，便是如此。她的这种梦，是现实的，践行的，也是理想的，愿景的。其独特之处在于：她从生命的"此在"出发，作为一个清醒的生存者，在漫漫长梦中，不懈地探问，求索，寻觅，通过往返中折的思绪，谱写了一曲律吕纷繁的心灵交响，画出了一条路走来时，逶迤多姿的生命风景线。

当今时代，想做梦，也并不容易。因为在市场经济大潮的冲击下，社会上形成了一股以金钱为轴心旋转的喧嚣与浮躁，使原本应该和谐一致的物质享受和精神需求，出现了断裂和悖反，造成了人灵肉分离的生存困境。面对此种文化历史语境，人该不该有梦，该有怎么样的梦，就成了一个诗人何为、诗歌何为的不容规避的历史和美学课题。

诗人童心，是肩负了这种艺术使命的。她以对诗歌的敬畏和对生存的深切体验，开始选择人生的方向和出路。正如她的名字"童心"所昭示的，那就是返回生命的原初，以童心对待一切，估衡一切，重新编织自己的梦想。

《生命之韵》，诗人一开始，就以从容、淡定的生命姿态，弹拨心曲，并为整部诗集定下了主旋和基调。那就是："不落泪，不谈炎凉和世态／也不说悲欢不吟风月／我们只说，我们只说／月圆月缺尽随意／在短瞬的尘世做着最长的梦。"（《在短瞬的尘世做着最长的梦》）这梦的样态，可以是缤纷的，也可以是五彩的，但其质地却必须是纯真的，洁净的。犹如《夏天雪》："夏天会有雪么／没有／但我会臆想一场清凉／臆想属于我的洁白／在素白里／让心被包裹"；或者像《在流水晚风中收拾心情》，每天清扫，"剔骨一样的剔除尘埃"，让生命毫无瑕疵。为此，她梦回古代，借"一柄红伞，一帘烟雨"，在小桥流水中，映现她自己的身影（《湿础人沾汗际蒸林蝉烈号时》）；也可以委身大自然的庇护，从"一株草的影像里"，学习生命的顽韧与不屈（《一株草的影像》）。然而，不论是《流星雨》的时空寓意，还是《相比白天，黑夜更有悲悯》，不论是《有多少枯荣来说再见》，还是《总有一些流淌温柔岁月》，《在天与地的悬浮之中》，在《时光之锯》的雕刻之下，人总应该保持生命的挺拔与伟岸。正如《日子，时光的封面》一诗所写：

　　其实我们的每一次昂头

　　都是万物包容了我们

　　恩赐以另一种方式

　　让我们的抒情，从低沉的段

　　一行行向主题扬起

　　风沙落尽，余音穿过天水

　　诗人带着"生命之韵"上路，她首先遭遇的是滚滚红尘，人事扰攘，物化媚俗，该怎样从寻常和平庸中，发现诗意？《红尘浅悟》，做了有益的探索：其一，不否定尘世日常生活的享受，但要在日常经验的背后开掘出生命的信仰和意志："其实幸福/我总是眼睛湿润凝视你/每一片落叶/每一根小草生根于大地/我都会陷入这情意"（《在天地辽阔中我如此富有》）；其二，不遮掩现世生存中的生命之痛，但要在疼痛中，激发做人的骨气：这些痛都"未能攻开我骨头的城门/我有足够的力量抵抗"，"我生命的因子/仍然在星光照亮的夜/在血液指挥下调拨我的兵"（《痛是一个刻进骨头的字眼》）；其三，不回避灵与肉分裂的尴尬与困顿，但要唤醒灵魂，追求灵肉一体："风中走一趟/再在雨里/歌一曲远山流长/别让灵魂沉默着沉睡/别让，散落的骨骼总流浪"（《别让灵魂沉默着沉睡》）……这一切，最终归结为人的独立、价值和尊严。人的主体性的确立，使诗人相信："寒禅不应凄切"，而"头顶总有一朵云眷顾"，因此，《从子夜走出来的梦》："是否冥冥的隐喻/给我一个爱的问答题/不需要笔/不需要墨和声音/仅仅以黑夜和明亮"。日夜轮转，太阳每天都要从东方升起……

《转山转水》，诗人边走边唱，且歌且行。雄奇壮美的山河，打开她的胸襟和眼界，山水情怀也滋润她生命的梦幻，让她在"苍茫盛大中泊放灵魂"。《峨眉山》，是她朝思暮想的去处，山的巍峨与高耸，托举了她自我的身躯。而她投入群山的怀抱，《在山的怀抱不惧怕风霜》，她站《在一座山前的想象》："而今我/像一个孩子"，"那头顶无论多高/都是我/在海角在天涯"。她来到长江岸畔，遥想古代《江上纤夫》，想象当年那"夕阳和潮水一定哭过/当它们看见这低头前行的姿势/看见这纤绳的勒痕"，"它们一定是最先读懂"，那"古铜色"的"裸露"，是生命力的至真至纯。诗人跋山涉水，足迹遍及祖国大地。她出"阳关"，走大漠，去塞外，到草原，听"丝绸之路"的远古驼铃，看雪域高原的阳光映雪，领略天地的寥阔与神奇。"远方"，是生命永恒的向往。"千江有水千江月，万里无云万里天"，大自然的启悟，升华了诗人高远的精神境界。

至于《天涯珍影》，多为诗人以诗会友、与国内外诗人的相互唱和与赠答。命题取"海内存知己，天涯若比邻"之意。她交游甚广，结识了很多诗人朋友，与他们建立了深厚的友谊。诗人中有国内的，也有国外的，有年长的，也有年轻的，她都以真诚相待，相互学习，彼此欣赏。对这些诗人的剪影的珍存，无须多引证，只列举一下名字，便可知她的深情和用心，内蒙古萨仁图娅，新加坡齐亚蓉，香港的湖山盟、孙重贵，兰州叶冰，宁夏童宁，福州林敏苏，西班牙女作家张琴，印尼诗友莲心、明月，澳门诗人荒林，还有不具地址的芙泉、小曲、吴志芳、陶丽华、焦重行、马丽芳、盛孝源，还有写给小朋友们，儿童的，等等。这里，仅以她《何以共如初》一诗，作为她看重友情的概括：

你在我回眸间

像雨后的一抹虹

带给我七色

一如我某一刻

刻在心里的影像

再次来到

我注视的方向

　　的确，人间的友谊，如雨后的彩虹，架设在诗歌的艺术天宇，让心灵的信鸽，传递朋友之间的情意和祝福。

　　诗人的人生梦想，历经坚卓的探索，最后的圆梦，是为自己也为他人建筑了《希望之城》。这是诗集的收官之作。那么，这一神圣的城堡，搭建了怎样的景观呢？蓝天白云，土地安适。这里有树，有花，树是"香樟树"，花是"玫瑰花"，树有树言，花有花语；这里有《面朝一切阳光照耀的人和事》，南国女儿，唱着水乡的谣曲；也有《路灯·雪地·空椅》，它们守望着生死相依的命运主题；"画船一竿何处收""归来无语晚秋楼"，天上明月寄相思，人间芳草无穷碧。人生四季，在这里轮替，春红、夏绿、秋黄、冬白，人文与自然交感，生命与天地同在。然而，这梦的城堡中央，供奉的却是千古不磨的人性的极致："爱"，自我生命之恋和普被世界的悲悯。诗人这样写道："我曾如此深爱/人世间每一缕阳光/也爱风雨，霜寒和雪飞/我把一切当成/生命里必经的过程/也当成，床前明月光里/一头牵着我/一头牵着故乡的澄澈如水。"（《我曾如此深爱》）故乡是生命的源头，而父母是故乡中的故乡。她眷念已经离世的父亲："我是你滚烫的血滴"，而你却"一走不回头/我等了二年，从梦里到梦外/家门口的树叶绿了又黄/你还是"没有回来（《爸爸，又是四月了》）；她的爱是宽广的，同时也把爱撒向人间，《孩子，我在人海中看到你——致贫困地区的孩子》："没有星的夜更加黑""孩子，你流落在哪里""入梦了吗？"你入梦，"我也入梦/梦里我们一同看星星/看蝴蝶飞入花丛"，"飞着，飞着，你就在手掌里/飞出一个花季"……诗人以大地般浑厚的母爱，点数一切，包容一切，并用悲悯和美好的梦想，为人们构建精神家园，让人们在那里诗意地栖居。

纵览整部诗集，我们应该认定：童心是一位颇具实力的女诗人。在物欲横流的世界，难能可贵的是童心未泯，如此沉湎于诗歌，激情四射地拥抱生活和世界。她步履匆匆，才情敏捷，走人生之路，咏生命之诗。日常生存，山河风光，自然节令，草绿花红，尽收眼底，纳入怀中，经由审美静观和感悟，都转化为心灵的韵律、生命的画图。她在梦幻中，用灵魂写诗。伴随着生命的成长，她的人生之梦，也从迷茫走向澄明。诗歌从来不是写实的，她的诗歌艺术在虚幻中与生命的梦想同构。诗的意象系统，无论是自然的，还是人文的，大多是心灵意象。山川，草木，风雨，星月，人事，场景，都带着强烈的主观的幻化色彩，空茫而灵动。与此相应，诗的话语，也是空灵的语言，而这种语言又根植于古今汉语的母语之上。她依据生命体验表达的需要，选择语言，创造语言，在语境中生成语言，于生命与语言双向洞开中，使话语成为对生命之梦的有效命名。她的诗歌话语，古题新作，有古典诗词的韵味，迹写风光，又有现代汉语的形象穿透力，而表现现实的日常生活，则运用了鲜活、生动的某些日常口语。三者相济相生，增强了语言的弹性和张力。应和着生命昂扬向上的梦想的律动，其语言节奏，是明快的、奔流的、激荡的，就像云雾中山间的溪水，蜿蜒而急下，波涌歌曲，浪溅珍珠。然而，她诗歌的总体的艺术风致，则呈现为初秋的景象，天高气爽，阳光和煦，大地丰饶，开阔、充盈、安然、静美……正如她在《我该落成怎样的诗行》的诗中所昭示的：

我该怎样寻找

散落背后一路的句子

该如何

让一片叶子的笑

在这初秋

把浓萌留下

落成排列的诗行

这依然是梦，是人生秋季之梦的挽歌，也是四季轮回中，秋后春的生命重生之梦的咏唱！

2017年1月2日

雨时诗歌工作室

目 录

第一辑：生命之韵

第三辑：红尘浅悟

第五辑：希望之城

后记

第一辑：生命之韵

在短瞬的尘世做着最长的梦

这是个谈论圆缺的日子
很多的思绪倾巢而出
只是不知，秋海棠的爱
会在今夜归来否
李白床前的明月
都被游子
以泪一点点粘成浑圆
苏轼的叹息
一定有许多的美人
陪着落泪
李峤的远眺和放飞千里的多愁
也有很多善感的人们
引颈万顷沃野长天秋水

我这尘心不尽的俗子
只焙一壶新茶或几碗老酒

捏几缕清辉，请来吉州前人

我赣江水滋养的杨公万里

等他月下醒眼，我会告诉他

明年的月，一定会似今宵圆

再请清照词人，折来桂花

在画栏开处，我们赏月，举杯

不落泪，不谈炎凉和世态

也不谈悲欢不吟风月

我们只说，我们只说

月圆月缺尽随意，只说

在转瞬的尘世做着最长的梦

生命对尘世省略许多的碎语

夜如潮水

我爱观这无声的浪

横冲和跃起

卷尽长街灯海

往事如贝壳
散射拙朴的七色
与沙滩或岸的延伸
做着魅惑的游戏

我用眼睛为串线
串起片段
星光和月色
人间的长路始终为吊坠

环颈而珍惜
头颅下的骨骼挂着
这无法复制的璀璨
生命对尘世省略许多的碎语

在流水晚风中收拾心情

小初寒
夜色包裹喧嚣
灯火像一杯浊酒
温凉自度

目光爬过城头
远山的谜
无所谓解与不解
黑暗竟会一视同仁

流水晚风啊
这最自由的流放
厄运与幸运的交替
都看不见悲和喜的脸孔

打扫一天的心情

剔骨一样的剔除尘埃

且借晚风筑一座小火炉

温今夜明月星辰一壶酒

假若风，是某种灵犀

假若风，是某种灵犀

我会约好，初露的胚芽

与你在春天里

遇上最初的一眼

从此，苍山或洱海

你都在

假若风，是某种灵犀

我定会约好，夏的热烈

与你在蝉鸣里

看远山青黛的绵延

从此，春红夏绿
我都有

假若风，是某种灵犀
我要约好，秋天的呢喃
与你在红叶落时
望满地落红铺成片片诗
从此，遍野霜白时
我无欺

假若风，是某种灵犀
我愿意约好，冬季的梅开
与你在白雪苍茫
托住一枝梅的欢笑和眼泪
从此，念及春暖与寒凉
你也在

假若风，是某种灵犀

我更会约好，完整的四季
与你在烟波长堤
问晓风残月或北雁南飞
从此，花开与落红
都有你

夏天雪

夏天会有雪么
没有
但我会臆想一场清凉
臆想属于我的洁白
在素白里
让心被包裹

夏天会有雪么
没有
但我会寻找一种安放

在沉默里
让心被浸湿

夏天会有雪么
没有……

原谅我没有告诉你缘由

何须再见呢，本没有相见
原谅我没有告诉过缘由
就离开了你的视线
虽然我浅浅的口袋里
贴近心脏，装着你语言的体温

那一种相见
是纸上的城池
一瓢水，不用掺入泪

不必等孟姜女哭出声

长城就倒了

无法把每一次的字

从散落到聚拢，读作是思念

黑夜叹息的时候

仅仅是落笔的一瞬

对窗外对远山看了几眼

像陈年的病，又咳嗽了一阵

别说流水吧

世人们给它的定义

已够无情。它往东流天地悠悠

这凡间俗尘，涂来涂去的

这些经年，干卿何事

这些都不是情诗

否认有充分的理由

何必多情，从掌心穿过的痛
前人在发霉的文字里体验过多次
何必再梦见血，染红长卷里
睡成标本，仍然开着的梅花

霜天晓角的悲伤过后
一场盛大盖过荒原
白色如一场祭奠
新柳含泪而生，覆雪无痕

贝壳容纳海的哭泣

海面被浪卷起
又推开
潮汐漫过来
脚印被沙冲刷出伤口
又被沙包扎

海滩上叠满了悲喜

人流来去了又来
来了又去
海从不问靠近它的人
想索取和带走什么
它说辽阔，是不用提及的词语

海也会哭泣
只在唯一的怀抱
贝壳，总是默默地等海归来
又看着它离去
错过是黑色的宿命
期望，静卧于潮声起落
听海浪去与还

日子，时光的封面

总有细微的不同
浮现在人们的眼前
主色调的轻盈与沉重
有时交替，有时变换色泽
虽然水流的方向
一直执着东流
太阳依旧从东方升起
其实看与不看
水里的礁石一定承受了更多
青苔，是打了补丁的羽衣

太阳笑脸一样
喷薄的背后，光芒
也会与落日有离殇之痛
我们日复一日地走着
搬运阳光，打扫世间的尘埃
偶尔借一场雨

让浑浊背负罪名

卷走水底下的沉积

其实我们的每一次昂头

都是万物收容了我们

恩赐以另一种方式

让我们的抒情，从低沉的段落

一行行向主题扬起

风沙落尽，余音穿过天水

曼珠沙华

绝代的明朗娇艳

热烈洋溢纯真

这是菩提下

守了多少年的心

只因为你的妖冶

无端数尽嫉恨
同样是倾城之色
却担负一生的罪名

只因为开在黄泉
开在天国
纵使转世再来
依旧跌入诅咒的轮回

大喜不若大悲，
铭记不如忘记，
是是非非，
缘生缘灭谁又记取

你用三季凝望
一季魂归
守候一生的绝恋
却在墓前坐等千年

零落的沧桑

习以为常

而我面对你的灼热

心会前所未有的痛

换上今夜的晚装吧

捧一盆月华如洗

遮你千年不尽的泪

舞你三生的沉醉

我如一个穴居者出巢

我该承认，大自然是庇护之神

也是一切索取者最大的敌人

它的强悍，以雷厉风行的速度

瞬间就可以百变

连日的高温，人类像蛰居的动物

人造的清凉成了唯一的可亲

于是人们开始怀念
二十年前，夏日里的黄昏
街头，广场，村落，槐树下
开始怀念一柄柄蒲扇
遗失的容颜，也莫名的怀念
星空下的树影，萤火虫追逐的情景

落日隐去，我如一个穴居者出巢
不说恍如隔世，对河堤下的水凝视
那些看似微漾的波纹，突然感觉
小时候留下的那份亲切，有些远了
那些报道里烫死了的鱼，是否可以
告诉人类否，为何……
这飞浅的浪花就隐没了温柔

千江有水千江月

我们入世
如浪花
起落于某一条江水
第一次手捧的
就是一轮月，硕大
浑圆，淡泊
这是任何人都有的
一样的饱和
一样的清明人间

我们学会了说爱
月色依旧笑着
未改任何的表情
一千条江一万条江
都有月呵
我们总得学会接纳
不是自私的名词

月光的爱
我们必须学会秋色平分

注：标题引自宋代《嘉泰普灯灵》

哭泣的贝壳

相遇到你，在夏花开时
荷花与蝉鸣也在
于是我刻下了今年的夏天
我原本不带忧伤的眼睛
便学会了对远山
对一江水忧郁的抒情

我来晚了
你也来迟了
我们的航道是擦肩而过

只能这样回首相望
蓝天的另一端
你举着白云
我便学着凌空飞舞

夜，变得有时长
有时短，唯有钟声如期敲响
那些渔火，萤光
晚归鸟儿的绕梁呢喃
我总是幻化千万次
试图，破译它们远别的密码

这些关于情的句子
我说不清是新还是旧
只知道指尖磨砂出的光亮
照暖着冷月，寒星
九月的霜或雪中的白梅
每一次海水漫上沙滩

浪潮未至脚尖
沙粒上的贝壳就哭了

一株草的影像

只有在绿的时候
才被目光注视
才会有怜惜，让你成为
点缀和抒情的主题
就算是歌颂
你被野火卷尽
也是再见了你的葱茏
才给你陈旧的词语

我也是走过的俗客
也把你作过简单的铺垫
写你萎黄的时候

我同样俗气的笔尖

也是寓意衰败

寓意一切远逝与云烟

这病了的句子

就这样一病不起

我的神志苏醒

来自一场风，它从西边吹来

像千军万马兵临城下

差些倒下的是我

而你只是身子动了一动

我的高大像极了黑色幽默

我突然想到

你从不被这样的阵势连根拔起

相忘于江湖，或碎碎长念

像一见倾心
欣喜于你的淡雅
就那么默然的一眼
你也看到我了
有半丝惊喜否

能说什么呢
我知道属于我的词
已是错过，你并蒂我来迟
背过身谁都是影子
你的心
已被你身边的人握着

我不忍心掠夺
已经属于你并蒂的光阴
也不舍把这个夏日

丢于一瞬

请容我，就此转身

相忘于江湖

抑或，碎碎长念

流星雨

红尘里心愿太多

蛛网罩着的尘埃太厚

你才愿意

把自己分散成极光

比沙粒细微

却驮起了所有愿望

众多合十的双手

你都用闪过的光抚摸

你的悲悯
来不及申明祈愿的初衷
悲与喜的安放
天空和大地是仅有的证人

伸出单薄的掌心
能遇上一场流星雨吗
子夜的钟声
需要一场盛典般的祈愿

今夜微光

——致沙漠胡杨

我想写你，在月黑风高时披衣而起
三千年的故事，已经写完
我抱着灵魂深处穷极的斑驳，江郎才尽

于是我六神无主，与你相守跋涉的词语

只剩下薄薄的一层，与时光同名
与风雨为敌的皮，周身缠绕着回忆
我从月色微弱的光亮，窥视你
碱性浸染的瘢痕，泛着冷然的孤寂
我开始为你调试琴弦，想要弹奏
你熟悉的高山流水——
多少年了？我发现我把曲谱遗失
两手空空。我回过头来
想以语言安慰，哭泣远去的飘絮
猛然惊觉，你站在阳光的直线中间
把沙漠的凌厉呼号——当成
一泻千里，滋润你子孙万代的潮水

骨头上的咳嗽和叹息

帘外雨霏霏了

河面上雾和细雨构成了画

有早起的打鱼人

已驶入画中

有提桶涉水的姑娘妯娌

穿着碎花的衣衫走上河堤

几只白鹭

正换着姿势追逐

临岸的山峦享受着雨雾轻抚

我真的看到了

属于渔家的词与黄了的素笺

此时正一字字排开

每一行都一字不差

我又起了江南与抒情

从责备自己

在这样的角度

在某个想象里看待人世

这是我简单的病根

很小很小的时候

在母亲的羊水里就落下了

于是我来到了人世

再也无法根治

我总是离不开这泥土

山峦，流水的药引

此时我闻到

这起了依赖的药性

骨头上的咳嗽和叹息

便减轻了许多

相比白天，黑夜更有悲悯

尘烟里人流匆匆

车来车往，每一个注视与回头
扬起沙砾与尘土。人与人
擦肩了多少次，无人去数
这些白天的故事
一天一天把片段重复
任由世事，聚散与相组

相比白天，黑夜更有它的悲悯
它让所有的人类，放下
绷紧神经的笑脸刻意挺直的腰杆
只留星与月，路灯与树木
而这些也没白天的凌厉
只默然地看着来和去。星光不会关心
潮涨潮落，也不问烟云与荣华

风来，雨往和雪欺，这季节里
必经的积聚。一阕霜天吟尽
岁月总是沉吟不语。时光的两极

白天挣扎和起落，心灵等着夜的停泊
只有黑夜推掇市侩，给众生安慰
以长笛短笛，笙箫琵琶马头琴
调弦声动，代代人归代代云起
北雁飞去又南归

这条路，谁荒芜了它

谁荒芜了它
这条路这落叶
萧萧，瑟瑟
繁华被覆盖了，还是践踏
苍苔下，可有雪月
云来云往与风花

我只是过客
偶尔见了长椅上的苔

只见枯黄已没有了青色
我的画板
本构思了长发
鸟鸣，浅笑轻盈

我如何点上一笔晴空
绿没有最后隐尽
阳光悬在高处
远处江面帆归来渔火亮时
这叫做遗忘的地方
有几曲落英如雪弹落烟华

子夜联想

其实夜在此时
最适合琴声，马蹄
适合怀念一片叶的绿

一朵花的俗和媚

也适合

牵出一些矫情

为心事涂抹三分想象

七分山和水的抒情

更适合放飞

一颗心的轻盈和负重

蛙声，月色，晓露虫鸣

霓虹，路灯，风铃风动

某一处窗内的烛光

晃晃荡荡，会舍得燃尽否

归人在望，佳人凭窗

这一幅江南抬眼望

时光之锯

多少年后的多少年

时光之锯，会有多少骨骼
对它怀着怨愤或感怀
喊出躲藏在血液处的痛
在盘根错节般的脉上
写下时光之书
内容包罗着万象
那时会面朝大海么

坐姿，在阳光射来的方向吗
有几片帆从天水处临近
有鸥鹭斜飞或盘旋
那个时候的海浪，一定是轻的
拍打着水面，拍着
一枚枚海螺或者贝壳
时光会说，在这里泊和沉睡
这么久了呢，一定是旧时相识

一地荒原覆雪

盈盈一水间，十指筝弦
弹落尘埃一层层，谁言再等
空谷回声过后，雁去白鹭还
只剩春山，几树几叶飘篷飞絮

万种伤，聚于深井之沿
尘世里尽如陌路，纤指缠过的结
串成无数核，春去夏还
秋往冬来，雨骤之后云消
直到一地荒原覆雪

所有的盛大都与我相关

潮，终于收敛了凌厉
佛号一声悲悯，这六月

多雨多虐的隐喻
在刚开的花儿安抚中
把骄横磨掉了一半的锐气
万物欣荣，红尘安好

我该以怎样的纸和笔
感恩这肉眼难见的幸福
这就是荣耀，被光和影拥抱
长城雄伟，天空高远
所有的盛大都与我相关

古栈道上的荣枯
与阳关的落叶
今夜且不为它抒情
就请天水尽处的一抹霞
同举杯，凄凄往昔
不与斜阳道，且让
诗与潮声欣向晚

当夜走向最深的黑暗

总有芳菲

把夜从迷茫中带回

绽放的微痛

总有人研墨和铺纸

记下这最初

这滴泪的感动和相守

当夜走向最深的黑暗

一定有许多人指责

说那没有光明也难有退路

但我相信，黑夜到白天的路程

都会有露珠和晚风的恩泽

让一千种想象

说出心底的祈愿

也会爱上，这一片黑土

永远这个词，谁未曾辜负

这个词唯一可以
不作修饰不掺水份的长卷
该是山峦和河流的饱满
山和水都不善言语
它们也很少把自己的情衷
告之于你
一拨拨人流过了
古人，今人，统统辜负你了
就算地震了海啸了
它们也未改说
坍塌了不再会有青绿在原地立起
也未说，滚滚东逝水
辞了江东源，从此不长流

有多少荣枯未说再见

有多少荣枯

未说再见

未脱下华丽的羽衣

烟华里的往事

就这样拆开了锦盒

散尽处

水悠悠，尽江流

山峦一直深情

让爱望成了长天

而它自己的秋水之眸

过尽了四季霜寒

凝望在

雁归时，水东逝

有商女歌声

没有在婉转里
唱起亡国恨
骂声被浪花淘尽后
那曲词
笺已黄，余音远

屈子的长衫
从汨罗江飘走
而今在哪一方呢
龙船调的鼓声年年响
《离骚》在
《天问》在，《九歌》在

我不是过客
我有一千种影像
与山和水呢喃过细语
更有一万个标点暗喻了铭心
寸心知
休相问，山河近

蓝夜空

谁装扮了这蓝色

我错认夜空

皓月是浮光沉璧的影吗

我于夏初临里

静等想象里的渔歌互答

等岳阳楼飞檐上滚动的圆

告诉人间

尘事与云烟

有多少传奇越过春夏

此刻，我写好的十万八千里

关于岁月静好的句子

正托起这一方圆

青藤之联想

遥望什么
你这样等了多久
等浇水的人吗
是否还会记得你
那些你日夜念着的句子
都关于秋水与望断么

人流过了一拨
又一拨。昨夜和今晨
你把脚印寻了多少遍
你叶上的泪痕
不是雨水呢，是不是
风吹过时有熟悉
揪痛了你的心

等待是一个什么样的词

在这空旷里

远离纷争是选择吗

你把一怀心事悬于高处

花落时你未落

有多少相忘与重来

把长路遮盖

雨还是这帘雨

你还在引颈观望

一句许诺

抵消了所有坍塌的句子

细细的藤蔓，等一场雨的归期

等浇花人相认

你能熬过多久的悬挂

枯萎，不是一个很远的词

总有一些流淌温柔岁月

总有一些人说
人间凉意
人间无奈和生死别离
也有更多的人抱怨尘世
抱怨一切得失
于是这人间的万丈红绫
时不时会有斑驳
遮住了应季华光的色彩
盛世变得虚薄

其实总会有一些流淌
漾开在岁月的温床
也会有春雨一场的细腻
抚慰水上的轻波
其实也会有温柔的出动
在半路相遇

当某些蹉跎唤着辗转的痛时
这人间唯一的一贴良药
便让一些沉沦重与月光相约

依着时光的河流边走边忘

记忆在时光里打坐成禅
这莲花座前
没有被尘埃浸染的坦然
这光阴的河流里写成的卷
风吹雨打，浪淘了千年的碎语
选择了最真的留下

那些放弃的
像沉渣一样起伏的飘浮
且让它，顺着时光的河流
在礁石守望处打一个匆匆的弯

聚散不再，无须对雨对风语

边走边遗忘，且对长空绘春夏

风起·落叶如念

我相信

每一片叶子

都是生命和爱的化身

秋尽，冬寒临近

每一次随风而飞

又落下

缤纷的心碎

那是尘心

另一种寄居

我相信

每一条纹路

握过朝晖升起夕阳西下

风起，落叶如念

每一次青黄交替

又重归

层叠的轮回

便有人间

万丈红绫风拂起

花落·香寒

——致立冬

花落，香寒

叶在细雨中缤纷

斜飞的鸟儿已无踪影

季节挽留着蝴蝶和蜻蜓

指间，没有翩然

会走着长久的 T 台

华光过后

只是流星的姿势

像落沙滑过

掌纹是它们的必经之路

在人生的青草间行走

想过寻觅

在山川河流上的阳光

想象那喷薄

照过之处会有幸运和奇迹

让辗转于尘世的跋涉

会有

炎凉相宜的泊放

渐次的接近

却是更多的向往

在人生的青草间行走

被生机牵引的脚步

不愿屈服于荣枯

万木萧瑟时分，绿重生

在野火狂虐之后

这才是我

轻薄一切蹉跎的理由

我的选择始于

这世界隐藏的温情

不仅仅是

雪冷霜欺后才有花开

雨过澄明，天高地阔水长东

罂粟花

"罂粟花有极致之美，亦含极致之毒……站在人性的角度，让花拥有生命之语。当我们回过头去，那影子，是谁的怅然，生长血色的艳丽——题记"

顶着原罪
我无法申辩自己
只能用叛逆的色泽
涂满全身
让最后一个读懂的人
读出
我骨缝里的词语

在一段光阴里寻找火焰
我曾死去又活来
等着相认

我至死不忘的那个人
唯一的信物
是弹醒月光的一缕琴音

谁都说我抱着怨愤
流泄我的狠毒
你回过头去
看一看伸出手的影子
是谁的指尖染了罪恶

我用沉默承受
像一条河流
承载水流的重量
而那里程碑一样的礁石
在潮声混淆之中
总把我置于
阴冷的背面

一点明亮我都向往

虽然我在爬行

像婴儿朝他的新奇开始

像萤火虫崇拜星星

从一种光

飞向另一种光

半页诗行，在散碎里醒着

走着走着真的散了

走着走着一点画面也没了

走着走着

原来的蓝天就失色了

那些盈润的句子

像极了收割完的麦茬

立在空茫茫的旷野

白云苍苍，远山苍苍

往日的影子

已不在视线里了

想要留下的春秋简章

来不及被时光命名

雪未至，一夜寒霜欺凌

笺上，半页诗行

在散碎里醒着

有的还是风铃般摇摆

只有风，戴着面具

可以这般深情

四月的粉红落下春天的词

季节

你随意交替吧

我留下了你

这是我前世认识的田园路

我不问桃花樱花
我只要这季绿
与我，日日除非

那些词人
该是被你的脚步声
惊跑了忧伤。满阙的泪
被子夜那轮缺月
一再安慰。竹枝词斑竹泪
不再像过往
总有人吹长相忆

月亮是两面人吗
是吗，照着一季粉色
穿庭院过月廊，教不会人识
月华弄影转头空尽
教不会人知
荣光自高处而下
寒凉森然

爸爸，又是四月了

爸爸，四月了

你墓前的草也绿了

雨在昨夜，就开始呜咽

我找了很多理由让自己入梦

却还是怨你

怨你这样一走不回头

我等了二年，从梦里到梦外

家门口的树叶绿了又黄

你还是把回家的路一忘再忘

就算永远不要这个家了

就算你有一百个借口

为你的远走留下伏笔

我是你滚烫的血滴，你也应该

让我看到你如雪的白头

也该留下一幅，你在夕阳下行走

而这一切，都没有
空白里，只有我矮下去的头颅

爸爸，又是四月了
我还是怨你
我曾把有你的落日画面
在画板上构思了很久
也是这样的时节这样的绿草苍苍
你的笑会高过蓝天
而你就这样不告而别
就这样掠走了我的人间四月
我的画面从此无法命题
苍穹的底色上，你的背影一直不语

此去经年·你是我原野上的花

一丛蓬勃，开在

有艳阳的季节

一如夏花灿烂只为土地

我们相聚在这里

此刻的笑颜，无关佳丽

我们只取一串长忆

此去经年，陌上青青

当枯黄盖过绿色

你是我推窗望尽长天时

原野上最后隐去

安抚我浮躁的那丛花

生命之书·毁灭

无法从一句咒语分离

当蛊惑与邪恶的毒侵入

就注定，来与去物是人非

扑火的飞蛾，演示慷慨
燃尽最后一缕笑燃尽翅羽
用一场生死，兑换回归

透彻与禅悟缩不短距离
命运那枝弱柳，无法拯救
赶路的灵魂滑入流水

时针是一柄重锤
而它的警醒，谁又能读懂暗喻
一场劫写下美灰烬撒落美

月光背后

"升腾有多高坠落就会有多深，判决的只能是命
运——题记"

从一场盛宴中退出

独自用骨骼生一盆火
背对秋霜冷艳，与自己交谈

秋夜的鸟鸣是春天的错觉
让毒入心愿短暂的迷惑
升腾有多高坠落就会有多深
判决的只能是命运

繁华在俗世里如多彩的羽衣
穿着的人总不愿意想到脆弱
梦醒时分却无法面对破碎
你只能种下希冀又暗自拨去

突围是隐匿的天敌
当眼前的火焰已燃烬
必须把眼睛里熟悉的光焰
烘暖碎了的一地流光

子夜

夜晚是一条安静的河流
这时已经收敛了潮声
我从桥面上走过，又涉水回来
一些人和事，影子和物象
在我周围匆忙地来去
我不必招呼，也不必示以笑脸
黑夜如此真实

从来没有人给过定义
给黑夜一次公证，也没有谁
会为子夜钟声，给过一次赞美
顶多是以配角的身份，衬一衬新景
由衷是一个多么难得的词
黑白间的颠倒，很多时候的迷惑
都是瞬间，或悄悄然一次裸露

深夜，写一首关于太阳的诗

写你，始于这早春
始于你穿过春衫的瞬间
无声，悄然
于是我的眼前
深冬落入泥土的叶
在雪隐去后的露珠陪衬下
开始在一粒胚芽的腹中
浅浅地笑了

写你，始于你的不经意
始于你滑过我的脸颊
柔软，温暖
于是我冻僵的词
被小溪的叮咚声扶起
在一树挺直腰杆的枝头
以画中人的姿态

为我研墨

写你，始于我散装的心事
始于我骨骼处的纹理
因为我极力学着
送走雪之后等你归来
我的掌心不像宽宽的树叶
我只能握住标题
握住，关于你
关于大地的一些词语

火焰书

习惯了星星之颂
你定格了光明在上
魔鬼在下的交替影像
我亦在这两极分化之间

像一枚棋子
被时光任意的调遣

我路过时被你的腾起
惊心划破思绪
我知道你是从不积怨的
这样的冲天
只是你以弥漫
忠告这世界别取黑暗

我该怎样剖析
你担负欲加的原罪
以及相互矛盾的华冠之辉
我想起帝王
想起叫做悲伤的眼泪
想起与江山相关的词语

第二辑：转山转水

人间九月天

二月三月
挤满了桃李芳菲
四月五月也是人间的
六月属于荷花仙子
我走着走着
就走在了这个指针
这人间九月天
这让人不经意的风景

未见林花谢春红

我没见到落花
也未见到谢了的春红
它们都选择
我数星星看月亮的时分

悄悄地远遁

连同一些触碰血液的句子

也选择

不让我的风铃触碰离乱

黑夜长出传奇

其实夜风也是悲悯的

每滴秋雨

每句花骨朵远别的絮语

它们都不告诉我

秋天里有几种悲喜

于是我也学着这样的豁达

把延伸远方的萎黄涂抹出青绿

黑夜长出传奇

视线里的苍茫

梦里的路是一直在的
我最不愿意它会向我隐去
那样我对青山的数落
对河流的爱恨
所有的句子都无法安放
我选择守望
怀想和时时牵念
以此填充视线里无尽的苍茫

不要把散落的星子遗失

我一直在这里站着
一些自作主张的意念
它们让我
不要把该来的风霜错过

不要把沿途之上
散落的星子再次遗失
当我的字幕在大地版图上打开
我的故人我的新月渐次而来

晚风尽收流水

人间九月
晚风是丝绸滑过肌肤
流水和我们
都被阴柔所俱收
不必携多少怨
积聚成恨
天长水阔十万里
红尘被高天泽被大地托起

江上纤夫（组诗）

祖先的标本

"在苦难与坚韧交替出现的时刻，我们所有人，
都可以是至纯的孩子和至真的圣母——题记"

我从一张图片与你相认
热浪从眼眶升温
这已不是人体
我想到祖先的标本
这某条江的沙滩
烈日炙烤出来的盐分
被风雨洗刷了这么多年
我依然闻出血的味道
我的祖先
我如何在你的脚印里
去读一行行

连标点都带着沉重呼吸

随江水起伏

不停叹息的这首诗

夕阳和潮水一定哭过

夕阳和潮水一定哭过

当它们看见这低头前行的姿势

看见这纤绳的勒痕

高过山峦的纤夫号子

它们一定是最先读懂

在这古铜色皮肤上

读这绝版的油画

风不是绝情的

只有风，才能理解这抛弃

一身皮外的遮拦

把整个裸露交给它时

它一定像圣母

把这当作至纯的孩子
接纳于怀里

我相信怒潮的真实

我相信怒潮的真实
相信它的呐喊和惊心
我相信它落下又跃然而起
是深怀的期望
痛彻之后的恍然而悟
我更愿意相信月亮的悲悯
相信太阳的华光之后
它如何以温婉
抚慰满地流光和碎影
也抚慰
大地上一切生灵

挣扎和悲悯的词

挣扎和悲悯的词来过之后

如何让一缕光找到出口

让所有的明亮与灿烂

在华光丽影与布衣粗食的砝码

不那么斜出惊心

也祈求笙歌，有些呜咽适时响起

一条江可以没有尽头

那些一路散落的问号与感叹号

会被远处江面的帆

一同相邀

同驱一江寒水浮上的悲凉吗

此时不问白天和黑夜

我只问自己的影子

以一个行者的脚印

我幻比为一粒沙
在大地某一处归来
躺于这大地
这柔软的沙滩
在我眼前魅惑的
有山的青
水的绿
还有鸟鸣
有被蜜蜂安抚的花朵

我是背负青天的
心甘情愿
以一个行者的脚印
从某个源头
某座山深的脉开始
每一日被朝阳牵着

笃定也罢

摇摆不定也罢

我都那么欢欣地

行走在这人间

在苍茫盛大中泊放灵魂

不仅仅是一场梦

一场风花雪月

我们的思想

醒于黑暗的挑战

那些夜鸟

那些不怀好意的声音

我像习惯了

一种对伤疤的反胃

其实我们可以

让灵魂栖息

在盛大的苍茫中释放

或者在海水的怀抱中畅想

让鸟去无踪

车来人往的纷繁

理出一幅

向阳的天地

与海水亲吻

从小就亲近水

亲近熟悉的泥土味

只因为

我植入的根须

已经扎根

而根须的脉搏

只愿意触摸

接近母亲怀我时的影像
从我的第一声啼哭开始
就注定
我的名字与海水有关
灵魂与姓氏都寄居在
一个有关桃李的字里
从此我喜欢大地
喜欢与水有关的词汇

在一座山峦前的想象

久未及你的身边
我并未忘记
未忘记这山川的绿
以及叶脉上的深情
其实每一只鸟
飞过或歌唱

都有我从远方

捎来的气息和声音

而今我

像一个孩子

站在父亲从这远离的路

那头颅无论多高

都是我

在海角在天涯

仰望的姿势

在山的怀抱不惧怕风霜

四面八方的呼啸

像千军万马

我想这时

某一处某一地

一定有很多的惊慌

人们惧怕凌厉
惧怕风卷残云的词语

我却空前的平静
而我不是英雄
也与顶天立地无关
我所能想起的
我在一座山的怀抱
我更容易
被一夫当关的勇气
唤醒我作为男人的豪迈
担当和尊严的华贵

峨眉山

像一段隐蔽的恋情
我藏在心头多年
总是想看

要一睹你的容颜
了我心头怀抱的祈愿

于是一场雨过
一季春红或者雪飞
我都会心绪涌动
我想象
某一日某一刻
你会张开怀
迎我于你的深眸

而今我来了
在相思的几年之后
我终于
亮整地把自己
捧给了你
天下峨眉
我们的缘分和相聚

都起自内心的呼唤
共鸣和低语

我被诗歌诱惑

我不多情
不善变不多思
我只是爱着这尘世
于是我学着收集
一枝蓓蕾的微痛
一朵花的笑
以及一片叶和朝露
最动人的亲吻

我的诗行种满了麦香
青绿和红色的艳丽
只因为我来人世的时候
母亲不曾言及

这世界还有苍凉

于是我把我那一刻的路

走成长路的时候

总是边走边修饰

也把一路的笑撒在身后

在天将亮时看见你

我醒时你还在

在我的梦唤醒我时

你立在高处，远远地看我

浅浅的笑意像初秋

两不相忘般恬淡相宜

只是不知你

心事眷顾与谁

你也知我

落于黑夜的俗尘之心
有过千千结吗

人们把你叫做启明星
长庚，太白，金星
守一个长夜一定很深情
我不否认我的推理
只是你隐藏了全部细节

也许我永远读不懂你
我就凭我的感觉细细地读
把日子一页页翻开
把你未知的情衷慢慢剖白
我记得，在这天亮时我们相遇

你也曾许下

像离散的羽翼
一片片起落
这被人间忽略的飘絮
你飞过
有的人伸出手
有的人闭目不语

不知是否
因了你托不住的重
芦苇花
抑或你飘落
遗弃在人间的诗行
也匆匆

看不清你的面容
也无从探访

你是否有被风吹散的泪

是否有

决绝的眼神

追着落英飘摇

人间的芳菲地

远未远去

你别

如此早辞了归期

你也曾许下

青篷草绿处一川烟水

夜深沉

晚风尽收

流水也将息

唯有星星睁着眼睛

不言不语

不知它眼里

是欢喜还是泪

这人间的负累

有几人

扛上了双肩

压出了无数道深辙

会不会，在无人探究的夜

道出痕深处

旧了又新的叹息

白雪的怀抱安抚了山的怒吼

隐于雪

在山风过隙的时候

把自己泊于

寂静与寂静的对语
洁白成了丰盛的夜宴

千山万壑
空谷之茫已不再谈论
鸟语花香和旧事陈年
白雪的温柔
安抚着山棱的悠远

研一砚墨
借落了春红的枝为笔
留香，为一季粉色风流
在云天下成卷

月光城

月亮一定有座城

有天上和人间
交替的片段
构成年复年年的明亮

今夜无月
是月光城里
少了灯火阑珊
少了，一曲红尘的合舞

一阕静夜思
谁的纤指会研墨
当尘世圆缺交替而出
哪一章，是我们在天之下地之上

弹醒的月光

月亮没有流泪

是秋夜的光有些冷
或许，是某滴雨落下
击痛了叶子
被没有沉睡的眼睛
收入了深潭

琴声就是这样来的
淡淡的久远，似曾的相近
被和声扯住衣袂
在星光下相认
远方，有打马的声音
尘沙吹过马头琴

尘沙吹过马头琴

此时不关心
英雄与勇士的字眼
只关心落日，尘埃与归程

黄昏的景致如此雄浑

你会驰骋而歌吗

长亭，古道，阳关

被风吹动的落叶

有遗落的红纱巾吗

如果有，一定包裹着

远望的眼睛

尘沙扑面，大漠苍苍

蹄声落下梅花烙的印痕

十万里山河

你无法数尽山梁和流水

星星也是数不尽的

你就记住尘沙吹过时

有盛大的背景

有长望的眼睛和落日的见证

还有你跃马的姿势

琴弦被偶尔触动的颤音

沧浪之水

一清一浊
请原谅我固有的自私
我只愿告诫自己
饮或升帆
远游或归来
都取一瓢清澈

这一切
只是简单的命题
涉沧海
或者跋桑田
我只选择这纯净
倒影一片澄明

我们，这世间匆匆的微尘
亲近水，成就天性
每个人的骨骼

裸色的时候
清与浊的适应和成见
就在波光中辩论

遇见

很多的人说
遇见，需要对的时间
是么？谁能肯定
弹指一挥间
你我像世间的尘埃
飘浮又落下
我来时，你已远
你来时我未见
匆忙的人世
只是一声叹息
被盛大的人潮盖住
天桥的光影

被偶尔的彩虹映衬一下
就不知不觉
被一阵风吹过
很多的人说
遇见，需要对的时间
是么？谁会记得
一缕琴音半寸凡心
绕过多少个朝代
帝王千古三千粉黛
素手已然无力
满笺发霉的泪
还在诉说
对的时间错的遇见

把每一缕风当作馈赠

索取了这么多年
我搂住了又丢

丢了又搂
把自然的恩赐当作沙漏
多么愧于这深情
风无语，我也无语
任凭春秋，夏热冬寒
隐去了又吹

经年这柄重锤
突然敲进我梦里
在我身处炙烤
连梦也焦熟的时分
我才猛然
在回首间幡然
每一缕风都是大地
给我的馈赠

大漠·长天（组诗）

岁寒埋下的祖先骨骼

我们背负琴，策马
把大漠，长天，朝晖和落日
细细地盘问，沙丘和蹄痕
而诘问，是这里对我们的恩赐
这厉风，这漫漫黄沙
温柔包裹在凌厉之深层
我们这凡胎俗眼
很少窥见地层下祖先的骨骼
被岁寒春秋给了多少斑纹

沃野的祈愿

在这里弹沃野的祈愿
为苍生过往，一片绿一滴水

隐藏的柔情和锋芒
已不会去辩解是和非
只在苍茫间任由天地见证
任由遮住望眼的黄沙
把无数行
叫做历史的文字和图形
一次次覆盖，一次次吹尽

且歌且行

能遭遇一声雁鸣
遭遇一片视野里的山峦
以及一个与水有关的天象
我们就手握生命的年轮
不必担心流动的云
在这一段单薄的年华中走失
一切荒芜也改写成辽阔
弹吧，趁现在沙丘神情温和
我们边走边弹，且歌且行

阳关道

从这里去找楼兰女子
去看她沉睡三千多年的容颜
看她的尖顶毡帽
马靴和三千未染雪的青丝
再听她挽弓，策马的蹄声
由远及近。等月色降临时分
再看她指尖触琴
轻抚王侯贵族的悲喜欢欣
看她让无笺的玄妙泼洒成画
成谜，让走过几千年
沿着戈壁
把一条阳关路的落日
踩踏得隐了又升

大漠·长天

再走玉门关，罗布泊丝绸路

把沿途有关这里的文字

吹去尘埃装进行囊

再用掌心，捧回一些象形

最后一程，去朝拜敦煌莫高窟

让那些被喧嚣和沉静交替的壁画

也认出我，于某一粒

称为历史的微尘中

闻出我们的汗味马鞍的气息

并在我们的叹息声和呼唤声中

灵性醒来一跃而起

知道我们是后人，某一日某一时

曾抱琴来过。大漠，长天

日升月落。歌塞上曲

抚蒙尘羌笛弄胡笳之音

叩天问月，这里曾渡过你和我

丝绸之路之浅语（组诗）

蹄痕处，有我的脚印否

可以走一次长安吗
从故道
玉门关的风会认出我吗
前世我有脚印
阳关，我从西而回
我曾是从这里出么
驼铃，马背，牛帮和栈道
蹄痕处，还有我的脚印否
劝君端杯的一双双手
可有，属于我的一杯酒

我是沙丘上的微尘

黄沙，旅人，鹰和高天

也会相认吗

我是沙丘上一粒微尘

在这里沉睡和设想了很多经年

旌旗如果在这里

插上沙砾叠起的高地

我愿意，我是天空一朵云

落下来，扶住先人

以及他们不愿腐朽的骨骼

看一眼千年的炙烤

是否还有伤痕

我一定哭过

如果我前世真的

捧过这里的落日和残阳

我一定哭过

为一株草没有到来

为我想化为

一粒水珠的祈愿

我也许曾以蛛网的身份

接近过壁画的体温

那些佛像

我一定远远地望着

垂涎它的悲悯

我肯定试着托起

一座山的模型

一条路，一块石头一滴水

时光影像里的锁

一直想形容时光

形容人心

形容长长短短的路程

再从这些组合里

寻找一些恰当

填补一个又一个句子
然后叫做生命

风住尘香，风吹花往
单薄的掌心无法
抵挡住偶尔的乌云
一些凌厉，一些莫须有
就这样强制潜入
太阳铺设下的光线
盛大的荡涤
必须不错过任何一场雨
细密如丝，沥沥淅淅
渐渐而急骤，抑或雷声轰隆

是否有人求证过概念
对与错的铁轨，背道而驰
像某一种信仰或皈依
只在内心风生水起

隐喻，命令聚集的一些词汇
给这种影像命名为锁
宽与窄的路贴着遥远的标签
众生喧哗，尘世的尘扬起又落下

伏尔加河的纤夫

一长串沉重的呼吸
土地色泽的肌肤
把河床压弯
青山无力伸出援手
两岸的长堤掩面而泣

这时的世界
只有这些低下的头颅
能用意念啃碎石头
啃碎西天的残阳

我怀疑浪涛是飞溅的泪光

其实泪和血
早已被毒日烘干
掺在残酷中流失
仅剩的一丝水分的气息
叹息着粘血的姓氏

一声号子
搅动一条江河的流速
也移动山的倒影
却扳不转一丝目光
从酒绿灯红中回首

我的笔和墨
压抑着我拖不动文字的笔画
一写到有关血泪和苍凉的词语
一长串省略号的想象
笔尖就颤抖不已

江河水是哭是歌
还是控诉
无法考究这沉默的良知
那条河横看竖看
都像白惨惨的骨骼

在夜色中畅想夜色

总有冠冕堂皇的理由
把一些不属于你的罪名
强加于你的头上
街灯的张扬，霓虹的魅惑
那些血色和蓝光背后
藏着的尘与污垢
人们打扫时
总归于你的门前

尘世的罪恶

算计和暗室里的密谋
就连一朵花的抒情
或者狼与毒蛇的出没
都让你来替罪
也许只有星光和月色
才有资格
以你红颜或蓝颜的身份
一直安抚也不相忘于你

从来不用辩护这个词语
这些你最明显的个性
依旧黑着你的黑
让白天极尽它的白
那么多的人把你捏于指问
任意在你的身躯上涂抹
你是喊过痛的
在某个雨夜的雷电响时
在子夜的钟声里

一衣带水，雪峰山（组诗）

——致湖南雪峰山

一衣带水

我必须在一条江里

打捞我与我祖辈的眷念

才可以读懂一条攀登的路

湘江之流，流着我西望之水

我居赣江世代与你比邻

雪峰山，我怀想过很多次

怀想顺湘水而下，入资水涉沅江

行至大南山，洞庭湖之滨

我要告诉这一衣带水的芳邻

我从赣水来，我收藏着你的时令

遗失的断章

我要走你的万亩杉木林
看阳光自林间射入灿然
听鸟语寄情于叶间
余音游牧于叶之脉络
唤醒所有的意念，别错过
这绝美人间
雪色衬托的绿
一定不等禅中的寓意
也舍不去宁静

一支照天烛，遗失的断章
传说里跑出灵光
我依旧看见华彩
像朝晖或彩虹，七凹盛满的油
燃向长明。失散的另一支
一直未曾远失

只是移了些位置
而光焰，一直在人们心头
照亮祥和与安宁

请时光加冕

蒙洱茶长出芽儿的季节
我的梦里，会走过文成公主吗
我也想学着采茶女的清雅
唱一曲茶歌或泡一杯银针般直立
静坐于杯底的清茶
等中原走出的"绿度母"
从一千三百多年前的隧道
入我的梦。等她来时我要问
这中原的茶醉了异域多少人
而此刻她未临
我先取久远与意念
铸成臆想之冠

捧上雪峰山之巅

请时光老人，为她加冕

你来，或者我去

雪峰山

我借来的词是一衣带水

这衣袂带我来了

我现在又要逆流而上

回我的赣水

未曾经你的允诺

我捧回你巅峰的雪了

我要豢养这纯白

立成我们之间的路标

于天长，于日久，赣水湘江

你来，或者我去——

在土城，等香袭我的美人

——致贵州"香遇土城"诗歌节

来了吗，我的美人
数了多个有星或无月的长夜
才等到这春天。我已在这码头
在这古镇的乌篷船边，数鸟儿
数它点了几次水，数太阳光反射
在土墙上流转的光圈，等你
我凝露而来的美人

我等了很久，等到日落月明
陪影子在青石板上拉长又沉吟
我品了茶，听了曲
此时，正把笔尖未落的墨
点上白天的水光山色
那些空白，我是留给你的

来了吗，我等着给我香袭的美人

我写一首简单的诗
作为引你而来的信使
我写这土城，描你的容颜
写我想象中的香遇
我有足够的能力，设计一场浪漫
简单是我的构思，我不要繁杂
我只在土墙上的缝隙
嵌入我写给你的诗，你来过我等过
香遇在土城，这二月这初春
我等到了，我带香袭来的 32 美人

布依，布依，我越过千山来见你

我来时，请借我一身盛装
带我跳跃，旋转和击节

来一场竹鼓舞转场舞
来一场高歌和欢喜
请容我，醉一次你的山水

别说我从远方来
我要做你
欢乐海洋里一刻的儿女
从此时，我已装备今夜的星辰
走银河，从梦里接近你

请借我竹鼓，借我一阕歌
借你山村的阳光，借你的晒坝
借你的山龙火龙和吉祥
带我舞吧，别说我从远方来
我就这样做你一刻的儿女

布依，布依
请记住我今夜的梦呓
我在梦里已穿上了你的布衣

打上了你的竹鼓，我惊醒了大地
也让月光笑落碎银满地

请在我来时，多带我
转转你的山水，我要在心之上
画满你的素描，也写上
我越过千山来见你
我浴过你的朝露拥过你的今夕

四月将尽（组诗）

昨夜笛声

长堤上人来人往
河堤下撒网的渔夫
把网抛向了水面
远山守着四月的晚风

抬眼望

柳条儿稀疏了许多

而地面望不见落叶

突然有点遗憾了

已看不见

叶儿落下枝干的表情

那些昨夜烟雨中的离别

它们的笛声又给了谁

落红片片诗

我该写一首离歌

抑或，弹一曲葬花吟吗

这正是春浓时分呢

霜未来雪未欺

我真的无法用一滴墨

为一支笔乔装

尽管有很多的人说

四月将尽，艳阳天将隐

其实离歌又如何
总有梦，养下一丛绿
"古道，西风，瘦马"
前人都吟尽了
我何必再哭一次
我的江南，不去的
尽数是"小桥，流水，人家"
就算是落花逐波
也只有红
哄落片片诗

这远方，供我挥霍

别说我泛抒情
我喜爱这极目处
这远方，供我挥霍
我可以任意设计
一行鸟儿飞行的归线

悬崖上的梅

或者水岸之上的蓝天

我还可以把辽阔

穿插在任何一个词中

赠给我的山水

它们从不会嫌我的文字

瘦骨嶙峋或穿着单薄

注："古道，西风，瘦马""小桥，流水，人家"之
句引自：马致远《天净沙·秋思》

夜车

我被时间推着

脚步不由自主地跑

匆匆这个词，我不知道

我该如何安放它

安放在适宜的第几个指尖

华灯初上

一城的人流像街舞

我也舞着，初夏的雨跟着而来

好吧，我们且起个抒情主题

中间的分行，就写人间四月天

其实这样也挺好

偶尔一个长夜一阵雨声过后

衣襟上的牡丹就会开了

而我也不必再为自己

对一些爱的事物书写谎言

在灵山脚下（上饶篇）

对你说敬仰

显得有些单薄

就像这块立着的石头

你承载过的

何只一座山的重量

一个个过往的行人或者真心
朝拜你的信徒
高官，学者，平民，流浪人
还有雷电的凶猛
风雨和霜雪的喜怒无常
他们都曾任意，让自己高过你的头顶
你都还是，没有丝毫的怨言

其实我也是俗子
我不该把手任意搭上你的高度
这一刻的发现让我有些愧意
虽然我来的时候
构思了一百次虔诚
也构思，如何写下一首
不掺假的怀念

好在我现在回首

还能够在一场雨里

清洗良心，清洗无意沾上的俗尘

我所能想到的弥补

不是双手合十的顶礼

只把"灵山"两字

从一横开始，照不差分毫的笔画

写到仰对苍天的一竖为止

候机厅片段（组诗）

"生命本身就是一次航程。所经过的领域，谁都不知道前路是蓝天白云抑或风雨雷电，只有经历，才能把过程的片断，渐成风景——题记。"

谁将是段落

窗外的云天下

太阳笑着把故事写成扉页

风儿隐退眼睛转换屏幕

又一架航班滑翔，升起

没有写完的情节

连同日夜构思的片断

被带到另一个领域或者国度

此时红尘艳丽，每一张脸

都写满排比的句子，语气华贵

今时明日成为神秘

我读我写我沉默

谁将是段落，你或者他

还是我，风正急急

吹向天涯海角

生命之书

悄无声息

故事随着机翼在改写

山川流水与云烟

这流动的画面

将是诗意还是回忆

无法渐近的等待

无法逾越的距离

每一道心底

开始下起了细雨

隔离之网穿不过薄雾

来回流转的阡陌黄了又绿

黑夜流过的心河

濡湿季节

所有的故事

九曲回肠集结汇总

这厚重的生命之书

多久的翻阅

可以读透

命运的权杖

时光老人隐喻的笑
无可奉告
把每一个人的起点
交付时光之舟
任由心意沉郁
荒漠枯竭或逍遥
动荡的风云跌宕的波涛
卷着命运的权杖
智慧心志谋略和情结
在风里雨里
列队待阵
笔尖悬空的墨
将落欲落
直到把季节的封面
描成眼中真实
色彩浓淡
近水远山无语
风在继续吹

第三辑：红尘浅悟

头顶上总有一朵云眷顾

很多人好梦
我还在枕着一帘初冬雨
猜和悟着
尘世与尘埃的疆域
哪一道弯
有自己的影子走过或立着

窗外雨声的答
有未沉睡的人伤情是一定的
唯独我不是
我非不食人间烟火
也非在尘世之外幻想着鹤立

我只是想着想着
所有的人和事
所有的幸和不幸

都如九十九级台阶
攀登完了
头顶上总少不了一朵云的眷顾

比如此时的静寂
我可以独揽
可以尽情地构思人世的画面
也可以想象众生
想象每一粒微尘里的人间故事
比如盛世，比如苦难
比如欢聚和相离

别让灵魂沉默着沉睡

网罗白日的喧嚣
在休憩的间隙试着打包
每一种心情剥去表层

内核之上
裸着心动的斑痕

别总寻找泊放
抖出昨夜星辰的灵动
向大地许愿
在心上搭一座桥梁
任思绪
自由来往

风中走一趟
再在雨里
歌一曲远山流长
别让灵魂沉默着沉睡
别让，散落的骨骼总流浪

从子夜走出来的梦

一场没有太阳
没有月亮的行程
我走在茫茫黑暗里
真正的万籁俱寂
四野里没有一个行人

不知道地狱是不是这样
只有此刻
我如此地迫切
需要人类的喧嚣
嘈杂和一切动感的影像

是否冥冥的隐喻
给我一个爱的问答题
不需要笔
不需要墨和声音
仅仅以黑夜和明亮

让时光磨砺痛的棱角

在隐隐的痛里
剥尽尘埃的伪装
任一滴滴泪
大或者小
抑或像雨水
落进江河或湖泊

寻找珠母的怀抱
依赖其温情作短暂的隐迹
另一次重生
就会有珍珠的光泽
映着天空蓝，大地的绿
海底里珊瑚的七色

一曲长歌谱下来
那些痛，就会被时光

磨砺了棱角

被四季放大的微笑

便一直在一直在

扯着日月的藤条荡过去又回来

掏出备份的光线晾晒潮湿

秋风碾完一个季节

旧时光新时光

又在昨夜的零点

没有问星辰的忧伤和欢喜

就翻过了一页

这秋天最后吹过的风

破例没有啃啮我的肌肤

没有留下道别

我还穿着夏天的布裙

敌对着万物的某些寒噤

一些意象的凉意
像冬天的潮水漫过来
渐渐就水涨船高
我的眼睛迅速还原
某些影像来回滚动渗出泪水

雨还在下着
没有凌厉也没停止的迹象
一个劲对着远山呜咽
我掏出备份的光线
在一轮太阳下晾晒潮湿

悄然无声任你从指间滑落

最后的秋天

丰盈和隐忍走过的历程
谁会相送这季节的路
谁会以泪光倾诉
时光发酵的彻骨之词

我庆幸我是俗子
以俗眼观望着我的尘世
以我的尘心，尘愿
磨好隔夜的墨
描摹着昨夜与今晨

添二片春柳三朵夏花
配这浓淡适静的黄
再握进掌心或捂入怀里
再藏七分露一帘细雨
雪来梅开时正是相宜

悄悄然无声

你走时我不惊醒你的脚步
我不相送你别回首
我们只记这最后的秋天
不说落英不谈长安道

归来仍是少年

摇尽风尘
摇尽沧海之上的薄冰
摇尽
衰草连天和叶上的白霜
别对东风道炎凉
别说
走失的门扉关了某扇窗

半世不流离，半生不滇沛
尽笑苍茫那片落霞

孤鹜与随水东流的凋零之花

借山脉为骨骼

驮起一帘烟水与长天

风过雪飞

归来仍是少年

痛是一个刻进骨头的字眼

不长不短的人生

不记得走过了多少个脚印

痛这个嵌入骨头的字眼

我有些惧怕

惧怕它的无影

会刺入安静的灵魂

第一次与痛相遇

是扛着女性的天职

分裂另一个生命
我像行将熄灭的火焰
被一声啼哭
唤回了重生的欲念

第二次遭遇痛的重锤
是分裂我生命根须的那棵树
骤然被时光夺去
我的笑
在另一声戛然而止的音符里
被永别涂抹了黑色

此刻我又遭遇痛
肚子痛太阳穴也痛
它慢慢消磨我
消磨着我的喜悦我的灵感
消磨着我对一切未知的想象
也消磨着夜的诗意霓虹的柔媚

但这些未能攻开我骨头的城门
我有足够的力量抵抗
让它立于我的城墙之下
我生命的因子
仍然在星光照亮的夜
在血液指挥下调拨我的兵马

一杯咖啡

秋天的私语
依旧挤不走炎热
几缕假惺惺的风哄过了早上
被阳光捅破谎言

一杯咖啡开始登场
加入的冰块沉入杯底
十月已别了暖如初

还扮演热烈的角色些不合时宜

纯白的冰与焦黑的液体
在高脚杯里相遇
不知它们是爱还是决裂
正如大地辨不清落叶的悲喜

临窗的座位
朝北的窗外有光线射来
一座城怀揣的情衷
谁能执笔白与黑是与非的谜底

缺憾的封面

注定页面错乱
无法整理
叫做断章的情节

我只抓取一个熟悉的画面
与人间
与这九月天排在一起
这个缺憾而奇特的封面
我记得，它曾一次次叹息

我们无泪，无语

等我几句赠言吧
我请来蔷薇花研墨
昨夜它正在我的窗外
它正驮着星光
来向我道别
月亮一下就隐进了帘后
我们在午夜相对
我们无泪，我们无语

爸爸，就当别后言归乡

爸爸，您已三年未归

一条河隔断了行程

您越不过逝水

我也无法把你接回

不是您忘了家

忘了长明烛

也非我不去迎接您

我总是避开祭奠

避开一些关于死别的词句

这样我的掌心就可以少些黑色

少些不合季节的寒冷

我也不想

随便对您启封怀念

那是一个冷寂而渐远的字眼

今天又是您的生日

我知道您赶不回九月九登高

我们也无法举杯

我们父女都滴酒不沾

爸爸，您已三年未曾归了

如果今夜您踏月回来

我们就当别后言归乡

月黑风高是一阕胆颤的词

惊惧渗到骨子里

窗外的响声让神经绷紧

血液的流动也仿佛河床紧闭

我第一次承认

我不是女汉子一样的人

也无法沾上

巾帼一类的字眼

如果此时
让我直面这样的杀机
我就算不背叛意志
也顶多是闭上无奈的眼睛
留下最后的尊严
涂抹虚弱的完整构思另一种美
我的灵魂一定会流泪

所以战争的字眼
远远敌不过和平的温情
今夜的风，今夜的呼啸和凌厉
像给我一种战争的演习
我想起子弹，战机的轰鸣
想起硝烟涂炭裸着血色的生命
想起辨不清阴晴的天空

所有的花都说
月圆静好

而你被岁月浸染的枝蔓
会不会被寒霜摧折腰

我该落成怎样的诗行

天高云淡时
我该如何
集中一些词
在渐渐而来的画面里
找到它对应的位置
来一场抒情
或风过无痕

我该怎样找寻
散落背后一路的句子
该如何
让一片叶子的笑

在这初秋
把浓荫留下
落成排列的诗行

裙裾上的一小截绸缎

穿了二年的旧裙子
手在空闲时偶然触到裙裾
十多厘米的绸缎饰边
手感第一次触动柔软
空旷的思绪仿佛
注进了一些莫名的东西

我突然感慨
这裙裾上的一小截
曾经缀过，很多女人的韶华
盛年和远逝。絮叨的枝节
飘过的尘烟和低头在绣花鞋的眸子

这光泽，吸干过多少眼泪

深宫深帏，旧时佳丽
在静寂的冷月里
弹琴，轻吟，独自舞秋风
我总想象她们的泪
不敢示与君王，也不敢濡湿锦绣
灵光陡现，我是拥有月色最多的人

回首，在一袭旗袍风情间（"相约旗袍"系列）

——"相约旗袍"系列

在旧时月色里

那轮明月

伴着你走过春秋

走过高扬的发髻

三千青丝间的辗转

栖息时分，从眉心

从美人痣下

从一柄团扇上的花鸟开始

最终在衣襟的花朵丛中

完成如水深情

植入尘世的仪式

在江南

浅雨暮风时节

一帘霏霏是你的

小巷的青石板是你的

如水长街的节拍

也是你的

一柄红纸伞呢

必定是你
在伞上的鸟语叽喳声里
你就撑起了江南
撑起了带着露珠的词语

在一阕词里

很多的书简
都蒙尘和泛黄了
很多的标点和成行的文字
已沉睡多年
唯有你醒眼看着的东风
一直年轻
如初的春深
夏绿，秋黄与冬洁
它们把衷情并列
只为你
襟前一朵朵初红

在季节深处

桃枝绽了粉红
兰香穿上了淡雅
丁香的紫色
坐于美人的庭院
四月，艳阳天分娩多情
你的纤指牵引藕臂
于六月荷花出水之前
设计妩媚
在浅绿和素洁临近之时
你为它张开了莲蓬

在水一方

美人的词已用旧
佳丽也唤成了滚瓜烂熟
该如何称呼你呢

仅仅是浅浅的一笑

仅仅是柳腰儿走过水湄

风儿便不语了

它吹了一年又一年的春雨

花开和鸟鸣

不及你此时的顾盼

随一粒盘扣

把昨夜的絮语

串起十万里长空

一袭烈焰

就这样染红东流的江水

在回首间

每一次总有凝眸

停留在深陷里

一些词让路过或者

回首的人

想起曾经和熟悉

烛光，琴声

归人的箭之心

在你的小碎步里

那些被怀念的人和事

渐次醒来

你透过指缝间的光

映照着古往今来

所有的绝代

风华的词分外饱满

在流水轻盈时分

女儿红的色彩

总与流水

与轻盈有关

自从你襟上的四月

挂上了艳阳天

水中的倒影

也只见你的眉心
牵引无数悲秋之人
在你的绿肥红瘦之间
坐落于安宁
经由岁月打坐成禅

在雨落深秋时

你留下了春
留下了三季凝露一季芳菲
留下了旅人的行囊
落红纷飞时分
很多的惆怅撕破面具
哭一川东逝之水
唯见你
捏芳华在红叶之上
浅吟低唱
盘扣以锁的笃定
锁住了一切关于韶华的字眼

于是母亲的母性

在春秋的简上

雨落深秋不言华发

在迎春的枝头

第一缕笑是你的

在昨夜的长箫吹过墙头

一朵花被吹醒的时候

你的晚装

旋舞了千百次

素色年华的花骨

携着蓓蕾

在枝头呼唤路过的才子

打马人和飞扬的征尘

那一夜的最初

注定是你掌心的衷情

开成望春，与时光深吻

在女人的线条上

这些线条

是时光老人遗落的杰作

宛如丘陵和山峰

在起伏间

完成抒情的篇章

一袭锦缎上的图案

是后来者的水墨

不问季节深浓

肆意泼洒下的山水

画成轴，音缱绻

弹指一瞬间

起落一曲《凤求凰》

在画中

红袖添香

和才子举案齐眉

你们的故事

被月光照进烛影摇红

落成每一个经年的剪影

润醒春天的细雨

芳草绿时

画轴泛出青色

而你曾经穿过的庭院

一墙之外

正有远岸的帆

天涯马蹄溅起的飞沙

为前朝一个诺言

朝江南而来

在长相忆

十里长亭

夕阳西下的边关

都是你自远古的朱檐
画栋，雕梁间转身的背影
再现出一幅幅画面
红叶上的诗
西出阳关时的酒
故人记得
日月和星辰记得
江南才子的画与琴声
层层叠叠起起伏伏
只为你的纤指
为某根琴弦上的和音
弹过一袭旗袍
扶住了季节的落英

爸爸，我给您的诗正寄往天堂

——致2016年6月19日"父亲节"

爸爸，我不再写伤悲了

免得您也想尘世的家

免得您又担心

弟弟的儿子放学了没有

还有与您吵嘴又不离不弃的妈妈

别了就别了，随世事吧

我们拗不过生死

爸爸，明天是父亲节了

您和天堂的叔叔伯伯阿姨大婶们

如果遇到了，就聊一聊家常

聊一聊您们各自孩子孙子们

我们小时候的顽皮和趣事

您们一定如数家珍

爸爸，我给您写诗了

我给您的诗正寄往天堂

您会像小时候看到我的作文

笑成向日葵一样吗

爸爸，70 岁的字眼

您从不放进您的词典

怎么能一瞬就走了

如果天堂可以自由出入

选一个有太阳的天气

您去天上的街市自己选吧

为自己买些好的香烟

买支您喜欢的钢笔

还有素白的信笺或日记本

别忘了再买个保温杯

浅色衬衫鸭舌帽，手表和手提包

这些东西是您喜欢的

您没有走时，我忘记给您买了

而您留在尘世的，杯子已凉了太久

您的笔还在墨水也在，可我无法

送到您的手里，这些

您重新再买，下雨天或冬天

如果您想家了，还是临窗而坐吧

自己泡上一杯茶，边饮边写
累了，就俯身看一眼人间
我们不远，我正走在人流里
爸爸，您看见我千万别说孤独和想家
我正学着不说不写，痛与伤悲

你的声音像落蝶一般寂寞

——致杰奎琳·杜普蕾《殇》

别说你会一起死去
世界的尽头，我不忍心看到你
错过了太久，明白太迟
陌路处的相逢
遇到了还会无法相认
就让波涛拥着往事
拥着断弦，慢慢地沉睡

紫色的花海
别再为我漾动波光
请让我静静地离开
我不告诉你孤独
不告诉你哭到已无泪
也不再愿你，独自弹起伤悲
不道再见，只为蝴蝶
飞不过沧海

落蝶如此寂寞
你不说，也知道是你的声音
被时光欺凌。别说遗憾
别想海躲在贝壳哭泣
也别问，谁守望着谁
写不出的结局，也别再细诉
就让海风向晚
静静地呼啸而去，就让雨飞洒
"任落叶淌光飘散"

注：本文字部分句子引自《殇》原歌词，只为喜欢，
故而引之，特注明。

还是雨，我该如何抒情

习惯了阳光万里

映着有波光的河水

有渔翁渔娘，有轻舟

有网抛过水面

桥下的浣衣姑娘

桥面上笑语而过的小伙

人流，车马

远山的天水蓝与彤霞

我此刻才知道

这也是一种怀念

在骨子里

长成一束不知名的苗

我在等你久未至

这雨，沥沥淅淅像流苏垂挂

我不否认这缠绵有柔软

可我的天水不是这样的主题

这样的夜晚适合怜香

——再写罂粟花

你何辜

我不忍心给你任何罪名

同样的大地和泥土

从枝干上探头

嫣然时一样的活泼

我甚至看不见你有什么妖媚

人类的丑陋

恶意和强词夺理

泼给你那么多污水

我竟有莫名的愤怒
想要一个明晰的公理

辩论与辩论遭遇的时刻
黑夜更黑
我无法以我单薄的公正
为你敲下一记重锤
此时如果为谁定罪
我也在罪人之中
我的另一个名字也叫做人类
我的药方，无法找出相对
这样的夜晚适合怜香
我选择怜你

黄昏·随想

很久了

没有刻意看黄昏

看晚霞隐进山的背后

这一次我为一句良言

我许诺对生命肃然起敬

我学会以鲜活的血

滋养它的根

这一切身边的事物

仿佛对我张开了怀抱

我任意摘取一片叶

一片花瓣

傍晚的线条和远处的山

就恍若对我说

攀住这自然的光影和藤蔓

生命之核

就荡起了秋千

我以尘埃的名义挤入其中

走下楼

阳光就迎接我了

这深情

它从未表白

它只给我绿给我红

给我留着露珠

一晃而过的车流

人流与万物

在与苍山与河流对话

我以尘埃的名义挤入其中

这位子刚刚好

我的四周尽是春天

我可以放开心念

从这相似的点滴里

想我的长城

我的长江黄河水
也可想
我昨夜听过的风铃叮当
还有那曲《远方》

水云烟

对我这俗眼来说
这是最近的诗
一伸手
烟雨就落在掌中了

垂柳和藤蔓
它们也眷念着我
江上的迷蒙遮不住辽阔
水是我的水，河是我的河
云蒙了，与轻烟接近

与我的一千种构思接近

水云烟，我无须收入囊中的景
一如我的祖先
留下的遗产忘记了留言
而我每一次触及
总会有某种牵念在血脉相连

第四辑：天涯珍影

记得在北国想我

——致兰州诗友叶冰

我的南国温和地早起
娴淑的笑涤净大地
你说北国飘雪了来兰州看雪
我的惊奇想涉过千里
睹一场洁白
为我画面上的盛装

别忽略了我还穿着布裙
我的江南水岸呵
还是鸟儿斜斜地点水
风过平野
如美人的酥手
抚过被尘埃侵袭的肌肤

记得在北国想我

记得我掌心里握着你的版图

每一次的思绪铺张

我都是南国北国

画在同一张素笺之上

任它们山脉相承流光渐长

何以共如初

——致宁夏诗友童宁

你在我回眸间

像雨后的一抹虹

带给我七色

一如我某一刻

刻在心里的影像

再次来到

我注视的方向

旧时相识
是一个不能轻易
在人海里翻动的词
而你带来一阵风
吹过我的薄笺
沉睡的句子
就被熟悉的气息唤醒

我叫不出遗忘的名字
只识你的容颜
一如前世的芳草地
你扶花骨
以点缀之姿
在阳光里召唤我
忆你的初遇

何以，何以
我有幸在此生
共你的曼妙
寻你于千红之中
豢养于掌心
何以，何以如初
能共你陪我看着的山水

月下美人，你错认了青山

——致摄影师倩雨

在鹊桥边等我的美人
归去吧，秋已来临
我不是你等的羽扇纶巾之书生
也不是，骑白马而来的王子
我只是呵，江南堤岸上

偶尔的一个过客，我非须眉
更非你的梦中人。你错认了青山
归去吧，初秋里沐露的美人

这一生，这一世这一刻
我已欠下太多，不敢再背负了
美人秋水焠的剑，也不敢
伸开掌心，托住你无辜的泪
更不敢，从你香笺上
剥离你的欢颜，我只能
以背影道别，与你相遇的经年

你也转身，在我目光的相送里
别回头，我不是你的风景
你看远处的帆和白云
也许，某一片帆的升起
某一朵白云下的游动 ，你是
某一个目光的凝视

你的来与去，左右他的春秋

待轮回吧，如果可以
月上柳梢了，我便在今生的此地
等你翠绵红缎，绣花鞋踩水而来
那时的你，手中一柄红纸伞
旋转我的远望，包括我一生描绘的画
那是江南水乡，浓情最稠时分

你说要我的情诗

——致诗友陈梦兰

你说七夕了
要我写一首情诗给你
瞬间，我竟有辜负你的感觉
我也是女儿装女儿身

我何德何能，以什么洗清
空负兰心，空负蕙质的罪名

灵芝草一样的女子
我不用俗俗的美人或佳人
也不以如水之类来颂你
我还是铺一薄笺
描你的真实与最初的模样
以及你对爱倾心的想象

今生注定我辜负你了
就是这些分行文字
我也给不了你男儿之志
也给不了你逼人的英雄气息
我与你一样的柔弱
一样会对未知充满了幻想

下辈子我为王吧

我会记得今生的诺言
把你迎进东宫，迎进红色的罗帐
迎进我三千粉黛之列
而你是我掌心里的唯一

那时我仗剑，策马
你环腰抱住我，我们奔驰
驰过平原，草地
风拂动你的青丝我的衣袂
天地间仅有，我的笑你的红妆

马蹄声累了的时候
我们于后庭把盏
纤指，美酒，兰香
尔后对月，我抚琴你起舞
弹落三分露，我们执手相看

孩子，我在人海中看到你

——致贫困地区的孩子

子夜的钟声敲过

窗外没有星辰

孩子，我以手机的微光

在人海中看到你

陌生而不惧怕的眼睛

你是我失散了几世的亲人

我不知你走失我多远

你落在哪一个民族

我只记得，黄皮肤黑头发

只知你流着我一样褐色的血

没有星的夜更加黑

已是深秋了，秋意阑珊

孩子，你流落在哪里

你的一方有秋凉么

入梦了吗？如果梦到星星

就再梦一对翅膀

你本来就是天使啊

是上苍赐给人间的喜悦

我希望你笑着

以向日葵的姿态朝阳而生

孩子，我也入梦

梦里我们一同看星星

看蝴蝶飞入花丛

看风筝从原野飞上天空

飞着飞着，你就在掌心里

飞出一个花季

飞出你的长发飘飘

你的布衣，也会换成长裙

我要等着看另一幅画

春天的风吹动你的裙裾

不回首是更深的怀想

——题芙泉背影

不一定面朝你千娇

面朝你百媚

才会是一颗心捧给你

一个背影

一个未知的表情

我以我

三千青丝挽起一个日子

让我的江南

我去年为你栽下的柳丝

连同我的梦呓

向着你帆归的堤岸

学着千滴雨

拍打着满江潮水

不让你

黄昏和黑夜的寻觅
在灯火阑珊的笙歌里
错失了我
抑或，我会错过你

就这样站成我画里的佳人

——致我的老师茅惠珍

"总有一些美好长存于心，总有一些镜头温暖如
春——题记"

正沉浸江南的句子时
你就来了
与水站在同样的位置
你衣襟上的格子
与我画里留下的大理石

吻合了斑纹

只是你比这些高出许多
红灯笼矮下去了
临水的喧哗也静了下去
静了的
还有垂柳撩拨着的绿水

此时我的眼里
已忘了秦时明月
楚天之云
我所能想到的字眼
都是与水有关
与江南有关
与在水一方的怀想有关

就这样站在我的画面
就这样删繁就简

不必加很多色彩和过多的铺垫

你只需让心情泊入波光

就这样以南国女子的姿态

以一抹微笑照花临水

今夜明月

今夜醒来的涟漪

今夜会有吹起的长笛

如果可以，把你在夏夜吹起

——致诗友小曲

一次次经过

一次次又回还

这一条无影的幽径

曲曲地通着

你在我眼前走着

在春天

在秋黄和冬日

此时刚好

又是轮回的夏季

我正爱着我盛放的蔷薇

我们相识在哪一日

时针一定记得

我却无法

再向时光考证

如果可以

我不对你过多地想象

我把你在夏夜吹起

让你经由一个个音符

告诉我

你在水的哪一方

每朵花儿开放的时分

你以什么姿态

开在朝我的方向

我吹完一曲又一曲

音符误入月光怀中的时候

夏夜风来时

你的红妆

可会为我飘起

可会染红

我捧着的一瓢烟水

一缕芬芳在鼻息间

——致诗友吴志芳

"总有一些相投存念于心间，像太阳的光线。总有一些语言不必很多，温暖如春。珍惜尘世的美丽，如同珍惜自己的眼睛。谨以此拙作赠给我从未谋面的诗友吴志芳女士：日月同春——"

那一日

我占领整条长堤

清晨的阳光水面的波无涟漪

你飘过我的视野

像空谷的琴音调弦

有风开始吹了，拂起你的裙裾

淡淡，清盈润酥的香

我大胆地造作这个没有的词语

河面上飞来白鹤

扇动的翅膀

与你的长发合奏节拍

一河水就这样醒了

我这站着的沉睡之人

眼睛，鼻息和所有的神经

也被扯醒

长天之下烟水之怀

我把自己想象成

相遇里第一个微笑的影

抒情该如何起落
手握留香，我突然很珍惜
我的眼睛鼻子，神经和血液
它们如此地不让我错过
尘世里叫红尘的字眼
也不让我的情衷耽于荒原
它们总会在某个时分
让我心尖和意识里绿意葱茏
笔尖凝视我
今夜我注定不写落花
水湄处，有位佳人

半面妆（组诗）

——致诗友陶丽华

镜子里的影子

在尘埃低处
洗净尘烟和蛛网
半面妆
以一瓢水三滴露
与佳人和绝代那些黏稠的词
书诀别
往事
离尘世远远地坐看
让它们沉默吧
且自凝眸
从镜子里让影子走出
不浓，也不淡
许寸心就这样立于人世

把盏问东风

独临风
学把盏对月对星光
邀蝉鸣，夜鸟和萤火之光
当窗台挂着的风铃吹动
调好指尖的弦吧
弹落琴盖上的灰尘
再弹一曲六月荷或腊月梅
省下一些雕饰
那些空白的余地
就让半边抬起的脸
在斜斜的光线里
随意安放一抹浅笑

让苍山驮起悲悯

当屋檐的雨滴

打响墙下的芭蕉时

别渲染成悲伤

或者劳燕和雁阵

且枕自己的手

让所有的血液与神经

心律和脉搏

醒来，贴近大地的青绿

萎黄抑或裂痕

等那些由远及近

从沙漠归来

或在古老的栈道上

的得的马蹄声

告诉我们

走过了朝代的朝阳和落日

如何让苍山，驮起悲悯

我宁愿还是那个少年（组诗）

——为王星广西之行题照

冰城之子

且叫我冰城的孩子
尤其我落于这花海的瞬间
我宁愿还是那个少年
十七岁的光阴就在眼前
而那绿衣长发的女子
从我背后转身之时
可否重现
我街巷街尾的某一位姐姐
抑或，她的衣裙
又让我看到校园的樱花

我的遥望高过太阳

一千种构思总会有遗失

没有想过这块土地

对我这样纵容

以至于我对这紫云英的忽略

它竟无半丝的抱怨

其实我来到之前

我抚摸过它的花语

刺痛而又温暖的象征

我怀疑它的转世

是某一位仙子

原谅我一身俗尘

无法给你更多的安慰

当我明天离你而去

我的遥望

却会在山梁的另一端

高过太阳

别在山的面前矮下去

我也背依青山了
却不会用笔尖
恰当地描一座山的形状
更无法给它的绿它的许多传说
添上细致的注释
我还是这样多站一会
测一测远方给我的距离
太阳落山的时候
我也就转身
学一学故人踏花归去
如果影子决意留下
我会对它说，别在山的面前
让站立的姿势矮下去

无处问相见

——致美国小女孩

记得这一天雪刚融化

北风一个劲地吹来

我进你出，我们相视而笑

这时我们忘记了国界

你的父母一打手势

我们就刚好是绿叶红花

孩子，你的天真让我的笑苏醒

你的笑像我身边

走过的每一个少年

唯一的差别，你的黄头发

蓝眼睛，我的黑头发黑瞳仁

还有你的肤色是羊脂似的白

而我的，我是黑地红土的调色

孩子，我们真的是

相遇仅仅这一次
从那一刻别，三年未到
二年已远，而我们无处问相见
那匆匆的几分几秒
从此我的词典，多了
天之角，地之涯——

注：偶尔翻看照片，2013年冬天，江西南昌滕王阁
与美国小女孩合影。匆匆一别，永无相见。曾给我
阳光般笑容的小女孩……该长高了很多了，我们却永
无相见……

您在，我仍然是孩子

——2016年母亲节致天下母亲

妈妈，我也是母亲了

我左边是您右边是孩子
妈妈，在这一字排开的三代
只有您是母亲
只要您在，我仍然是孩子
只有你能让我安然写着这个人字

妈妈，只要您在
我想笑时可以无顾忌地笑
我哭，可以像小时候的大哭
也可以在您面前，呜咽如细雨
妈妈，也只有您在
我可以说不敢对其他人说的话

妈妈，只要您在
我就还有青黄相接的原野
有时长时短的呼唤
让我从母亲的称谓里暂时走出
再钻进自己童年的画中

抖落一身尘烟

妈妈，只要您在
我所有的祈愿都可安放
我沉睡和醒着的世界
我的长路我的河流还有远方
我走近或渡向对岸
你就会塞给我很多叮咛

为自己画像

很多次我与影子对坐
我微笑着看你，你微笑着看我
我也时常对自己说
亲爱的你可以不是最美的
但你可以是自己眼里，最可爱的那位
你也可以，在不雅里发发你的小脾气

可以在黑夜，折一枝有毒的花
沉醉篱下，但你掌心染指过的残留
千万记得，别把它带过黎明的风里

哦，我还说过，乖，别为一点小事哭泣
你哭了，那些应季而来的花
那飞翔的鸟，都会被你感染了
你笑，它们就开得欢快
这尘世，所有的风景都是组合的
你别只低头，看一地白霜或灰色
星星和月亮都爱着众生
而太阳，是连每片叶每滴露
都含笑而视的

亲爱的如果你要画一幅像
还是我来吧，我熟悉你每一根神经
你无须摆什么姿势，就这样把大地依靠
也不必刻意的笑，露齿或凝眸

我只取任意抓取的角度，我看你笑
我的构图定格，我定下日期定下标题
亲爱的，这一刻的自画
我为你定为人间正好

在一个叫风情的词中遇见你

——致深圳"相约旗袍"董事长李艳华

我最初的心颤
始于你的两潭秋水
从南方之南
向我的九月之秋涌来
那时我猛然想起一些词
想起在水一方
更多的是想起有位佳人

冬天过去

大地开始漾满春水

一夜轻风小雨哦

朱色的屋檐就分外多情

滴滴答答的诉说

从江南到江北，又从江北

到江南与西东。你指间的弦

就这样弹醒红纸伞与盘起的发髻

你撒下一把花的种子

所有女子的衣襟，就与季节私语

牡丹，兰香，月季和紫薇

就诱惑古道，凉亭

蝉鸣蛙鼓和青石板了

一把痴痴的油纸伞

就陪着一缕一缕的浅笑

过东墙过深巷过月光钻入的月洞门

这不是那时明月
这是今人，借了佳人的绸缎
从一条石板路摇动藕臂
赴我的凝望而来
那些叫瘦骨或者嶙峋的词
就悄悄地躲了
它们知趣也知道
争不过一柄团扇的柔
扶住美人风情

我想你时就栽一朵朵花
纸上和文字里都栽下
我知道，我的姐姐有足够的沃土
足够的种子任我挥洒
我写着写着，你的花又相继开了
蜡梅，百合，迎春和刺玫
开在一块叫衣襟的地域
姐姐，于是我总等你

等你回眸时一笑，人间
就再不道，再不写夕阳晚照

那一刻刚好久雨初晴

——致西班牙作家张琴女士

一阵风吹来
我就离开你了
我的南国
正以辽阔的温柔
留着你的呼吸你的轻语
而我
却先行升帆
远离了那片花海

我带走装饰过的梦

带着梦在晨阳里

粘染着你气息的网

网着满满的温情

让我的冬天

长出二月的兰馨

五月的丁香

任我意象中翩然的蝶

振动翅羽飞来

我与你

与你如旧时相识

时光的湖泊

如注满的温泉

贴着这滚烫

我把你的柔情

安放于心尖之上

照影的时刻

是我们前世曾初遇吗
我中华水土滋养的红豆
随我们拉长的影子
寻找那阙未曾填完的词
中间的段落已经饱满
标题和结尾
我们留在莲花山了
那一刻刚好久雨初晴

姐姐，火烧云红了

——致西班牙作家张琴女士

姐姐，我一直不明白
叫做火烧云的云，是谁的染指
点红一片天，我那时的心弦
音符骤然升高的时刻

又是谁，弹醒我第一个琴键

直到四月，你从一大片绿里
向我迎面走来又飘逸而远
姐姐，我才明白
火烧云燃时，你正在
只是我不知道，你总在我身边

姐姐，你是在呼唤我吗
你穿过旷野穿过风的喘息
我感到了急促，像马蹄之声
踏醒草原。一管长笛声托起的
是你来我去，相遇在路上的思念

我们不谈美吧，我们只说
红是吉祥的颜色，那样我们想念
也成了幸运了，天涯
也就不再那么远。你踏春天

我打开初夏，我们不唱离歌只道初见

姐姐，水流有多长呢
我不问，我只是随它顺流而下
我记住了梦，记住了
天水边，你一直等我望我
而那袭红，是时光兑现

给我一角吧，纱巾红连同你的笑
也给我一缕，我遣来了这风
你寄上吧，四月天过五月初来
我就可从一缕淡紫色里
收到你让丁香捎来的轻语

姐姐，我极力忘记海角这个词语
路就近了，这样你想我的时候
你也可以来了，我梦里的桥
我扫尽了落叶，青苔和雨痕
只留给你，我的江南我的烟水

何处春江无月明

——致印尼诗友明月

别隐蔽了辽阔
悠远与水
以及和波光有关的词
对你从来未说相弃
倒是黑夜与星星说过的话
都会说着说着
就说出了对你的暗许

其实无须翻寻
这些年的烟花和焰火
你不仔细地辨认
不刻意雕琢
你都可以设想一场华光
凌驾于失意，落寞

愁绪幽怨或张狂，在尘之上

畅想里很多色调
与高楼相衬陪凉阶夜露
这被故人掬起的秋水
凉了又煮的白雪阳春呢
可以构思一千种的尘世画面
谁能说出，随波潋滟
月满西楼时分
凝光千里不成诗

半缺里盈满的故事
最终溢出成了满月
这天与地的红尘，被人间宠着
水天相恋水月相扶
有多少渔歌多少小夜曲
唱给白云唱给旧词人

一帘风雨向南向北

等你呼应

答案有时忘记了谁给

你在高处

白云或星光随时归来

怎能哭长风

没有惠及你裙裾

注：标题引自：唐·张若虚《春江花月夜》

千里之行

——致诗友焦重行先生

春风把一场聚会

恩赐于三月的阳春

赣水畔一块明媚的土地

瑶湖，以它年轻的朝气
接纳所有向诗的人们
我们踏春踩露而来

我未曾注意你是失约之人
失约于这场，诗歌催醒的早春
我的标点在一丛湘妃竹里
享受别致的温情
你就那么认出了半生不熟的我
你问我的秃笔要粗浅的文字
我只能以三月桃花装点的红
遮我才尽的羞涩

我该如何揣度，一匹马的远足
蹄声，开始踏响黑夜，故道与沃野
千里之行，开始以生动的韵律
穿过我想象里的平原，风过处
雨里仰头而歌，我素简上的影像

跳跃起伏，画面渐渐清晰
八千里路云和月，天长水远

蓦然回首，你留给我微笑

——致诗友马丽芬女士

我从尘埃中辗转而来
三月的春寒也倒回身来
我顺赣江，寻一池水暖
风动的温柔，在我走近你时
不期而至。来不及问瑶湖
枝绽几蕾花开几树，你丹凤眼的笑
我的小阳春骤然而来

我的词语及标点
开始对你钟情，瘦瘦的标题

一个劲丰满，你的微笑

解冻未曾去尽的寒意，我逐渐开阔的掌心

被你铺开万亩春天

想不起哪一世哪一时哪一刻

你欠下了我如此印入脑海的笑

我一睁眼，记忆不曾呼唤

你就这样以旧时相识的样子

让我，义无反顾与你

在一场诗歌的花事中相认

湘妃竹

——致诗友盛孝源女士

让你化身美人

是一个应该有的轮回

你本是人间的双娇

认识你

我是先穿过一个神话一阙阙词

然后在斑斑点点里

在一枝翠绿之上

把坚贞这个词翻来覆去

我还是未能画出

你完美的轮廓

相遇来得如此惊喜

我不说国色不道天香

原谅我不崇拜俗气的句子

我选了最为赏心悦目的色泽

我选择以一幅素描

极力画你的神韵

我惊奇自己的构思

背景是一池烟波之上的沉静

而你正在水中

以一枝沉静之莲的姿态

与我相望

最初的一眼

——致蒙古族诗人、作家萨仁图娅老师

母性之美

被洁白的哈达托起

最初的一眼

我的思绪波光盈盈

我浴入温润如水

一个眼神一缕微笑

让所有空间沉醉

我骨骼上躺着的拙笔

瞬间就醒了

我豢养的丛林绽出一枝梅

我掀开心帘，草原的风就吹进来
蒙古包在湛蓝的天空之下
门槛走内出的女子该怎样的别致
她的歌声一定被鸟儿
捎带千里万里

我的行程匆忙短促
我的行囊想装下所有
抖落俗世的尘埃吧
我还是装不下
我要带回的一切

我无法克制我的贪婪
悄悄的我带回莲花山的气息
而您的影子，我用心上的线牵着
从黑夜的梦到醒时的黎明
从鹏城到我的赣水

手托莲花的"香港诗魂"

——致国际华文诗人协会会长孙重贵先生

期待一朵莲花出水
我从赣地而来
从陌生的缝隙看您
一声招呼
语言的桥上洒满阳光
瞬间我被冬雨淋湿的心情
被灿烂烘暖

我是背着故土
一缕缕乡愁的眷恋而来的
我像穿过雨雾的燕子
落于莲花山畔
您像祥瑞人家的一家之主

让我绕梁的翅膀
没有了负累

有些词有些句子
是无须用笔描绘的
当您的身影
您的脚步匆匆忙忙
我自己的声音告诉我
褒义的词
恍若春天的溪水

我意念中的荷塘
迈过了冬雪的门槛
莲花开了
不问季节硕大的一朵
我想起莲花座
想起檀香环绕的笑
想到佛光在上普度众生

我的笔用欢颜磨墨

写意一幅"香港诗魂"

把剑胆琴心描成莲花之瓣

也绘成灯绘成塔绘成航标的光

于是我们扬帆远航时

这盏中华的莲花灯

光照天涯光照江山万里

一刻"为妃"

——致澳门诗人、作家荒林女士

那时我与你"钟情"

我们穿上了蒙古族的信仰

王者风范的桂冠

我们用双手

用欢欣和喜悦

在莲花山的怀抱里
你成为我的"新娘"

同是女儿装
我却在红尘的桥上
有幸牵你的手
有幸一刻拥你入怀
把你的盛放
托在掌心
完成心与心的仪式

如果有来生
我不再与你天涯相望
也不再
穿这红色女儿装
只为你一句
"棒棒的公子呀"
我愿意
把我们的来生
从此刻开始望穿

挑选干净的词语堆砌你的表情（组诗）

——速写福州诗友林敏苏先生

仅仅是那么一站
我就记住了远方的天
记住了一抹白云
记住了离离原上草
也记住了
你的背影面对一川烟水
以及你欲攀登的云梯
还有你，于天之下地之上
以神者的姿态
读远岸，流水，尘沙和烟云
你一定是望归雁
抑或一些遗失的往事
请原谅我太过狂妄
把你任意放进构思的画里

去读你的内心
我选择了在万物沉睡之后
从沉默的字词中间
挑选干净的词语
堆砌你背影前面的表情
还有你与远方，默诵的祈愿

月光翻开的版本

内心的诗句
在山的怀饱成行
你贴近心脏还是寄往远方
诗里，一定有听风听雨的细节
有更漏蝉声，也有后庭花
在笺上跳着没有束缚的舞蹈
生命之吟的梗概，扉页
被封面下的文字顶起高度
某种情节的沉吟

你一定，与长空一同对语

与东风把盏。偶尔拂过的长风

松涛，天际的流云

你把它们穿插进章节

也带回季节深处

夜晚的月光翻开无数版本的时候

你会把陈年留下的暗疾

涂抹成褐色的悲壮

抑或一片土地的颜色

一条江河的惊涛和海的包容

诗与远方

拂去风雨

寒霜和暗涛的侵袭

日子会以过客的身份

选择某个定律

在有阳光照下的时光读你

请把诗的标点

句子和成行的段落

铺设你眼中的某幅画面

剔除一些灰色

瘢痕和过多的沉默

言及诗与远方的时候

就把春天的储罐

在秋天和冬季揭开坛口

邀岁华举杯，唤东风明月采菊东篱

或等一枝梅与雪同醉

第五辑：希望之城

我终究会在某一日抵达

想了很多次
在某个季节我真的来了
我说过，我会策马
背负行囊，抵御风雨之衣
备果腹之食润喉之水
过街巷过月色未隐的村庄
从这江南日夜兼程
与朝阳落日和飞沙比肩
去接近你给我设计的画面

这样我就足够的强悍
我可以让马匹四蹄生风
可以任风雨八方飘摇
还可以且行且歌
让歌声穿旷野而过
这样我可以有足够的怡情时段

我可以想象在绿茵之上
会有多少个传奇
在长天日朗下应景而生

想了很多次
我终究会在某一日抵达
我说过的，就是诺言
我已刻在心的版本之上
白云，草原，奔跑的牛羊
弓箭，长刀，奶茶和马头琴
楼兰女子的千古一容颜
丝绸之路，夕照里的阳关
别在秋色里让芳草萋萋
请为我备好漫漫黄沙茫茫烟尘
我要让气血豢养的烈马
浪迹平生，仅这一次

骨骼深处的光源

总有一些火的光源

闪耀在骨骼深处

生命这盏灯

每个人都一直长明

只是火焰

有弱与明亮之分

我们提灯，也传灯

某些画面某些脚印和某些语言

就这样一日一日被焠炼

抛开荣耀和光环

用骨头擎起的光明

被时空审视时一视同仁

在落日的余晖中还原本真

第一次知道
与有关大地的颜色
这样吻合
第一次知道
融入朝晖和落日
如躺进盛大的温床

这个时候不关心风
不关心雨
就连雪的纯白
暂时也忘了抒情
这个时候只顾寻觅
在某种亲近里呼唤记忆

落日，余晖
从未发现它有伤悲

每一次的经过
都恍若浪漫的偶遇
都会沉浸在一种联想
远山，苍苔，咫尺和远方

而我是这本真里
和土地一样肤色的归雁
不吟四季的时候
也会用翅膀
衔接大地与长空的对视
让一抹蓝和此时的金色还原自己

指尖的远方

在一轮朝阳和落日里
从指尖赶及远方
或者把路程缩短和拉长

是一件很美的事
至少我这尘世的俗子
会敞开辽阔的想象

我会在这滴露
或者红丝绸一样的夕阳
铺满大地的时分
感恩这浩瀚的红尘
烟水凝光之上
有我的天长日朗

我还可以自由地想
曾经的竹马青梅
稚气未脱的少年时光
我还可以
放牧一千种意念
抵达一些理念的现场

在某一时某一地的某一刻
写下一段时间的句子
以山之灵水之魂
陪以经年的滋养
我的眼睛再次回首长路
就远别了彷徨

谁为沙粒弹尽尘埃

不远不近有贝壳
有沙滩，有渔火和岸边的灯
有落口有归人，有踩水者经过
所以沙粒总与大海说
它不言落寞。潮声和潮汐近了
所有的画面都将圆满

风吹了多少年

数过，却未及在指尖
刻下陈年。雨来的时分仍然是
忘记了下的时辰
记住的，只有画面中
一叠叠重影

所有的经过，都成为音符
这就是坐在海边，细数黄昏
细数潮水冲来的落英缤纷
细听分针嘀嗒
秒针转圈的一些理由

听到了和鸣吗
海浪拍打，由轻盈到激越
弹奏者错入了时空
天边那轮落日的红
是指尖，一滴未干的血

潮水退去

一切都是沉默的主题

海上的波涛，为沙粒弹尽尘埃

也无奈，它还有远方

它们就这样，谁也不说悲伤

天涯有路，而且很长

抒情的书写，被称作远方

于是十万里的辽阔

追随被读作动人的词语

风来过，雨来过

喧嚣和沉默，谁都是见证者

我伸开掌心，相约旗袍

从最初的中国红

孔雀蓝和翡翠绿开始

以粉红和淡紫点缀标题
把一款旗袍上遇到的色泽
晕开在我即将泼洒的颜料之中

我要在江南的流水小桥之上
在春秋月下的小轩窗内
还有转角的茂林修竹之旁
池塘的倒影和转角之处
再一次组装我画里的美人

她们必定款款而至
浅笑，回眸，远望和低首
都会给我带来春日
夏景，秋光和梅的风情
拥住我骚动的画笔和一滴宿墨

我已伸开掌心
等我的怀想调弦

千里之外的笙歌已响
是我弹起襟上的风情随风飘来
我的旧时美人新月新眉

没有月的夜晚

天空像盛大的黑幕
没有月没有萤火虫的飞舞
我更怀念月色了
怀念月照西窗万家灯火

霓虹和街灯
摇晃着富丽和堂皇的调子
像一个贵妇人的骄矜
张扬着傲慢也显摆着雍容

我如一个凭窗远眺的怀柔之士

意念直指，我潦河的两岸

寻找那一盏盏临水而居的灯

千百次问它要我的江南

面朝一切阳光照耀的人和事

看到我这里飘来的云吗

还有这里吹来的风

我是南国的女儿

正面朝停了雨的苍穹

面朝湿润的大地

也面朝臆想中的海

如果你听的歌里

恰好有我想唱的心声

如果你看的风景

也有我凝视的帆与潮声

如果你也会面朝江南
面朝我的赣水
我的词典便盈满了青翠

我的朋友，亲人和故旧
这是适合抒情的时刻
适合抖落尘埃
此时有花，有叶的绿
和鸟鸣的清脆
有山的高远海的辽阔

那些关于天涯
关于海角的句子
此时，就跃不上我的浪尖
前方的江河海域
前方的岸和锚
就让我靠近了这些诗意
也靠近了你

路灯·雪地·空椅

陪伴着落了叶的树木
与盛大的空旷对视
一切语言睡的睡醒的醒
任自由过滤后的白
也以自由的形式
书写着所有的意象

路灯像一位长者
呵护着雪色的沉默
遍地的雪一层层叠加
轻柔地抚摸着空椅
无人的扶手，不知是不是
留下了曾经的体温

天和地藏着严冬下的沉郁
路灯·雪地·空椅

守望被冰凉命定了主题
它们相互托住，这苍茫空寂
也没说等太阳如何光耀
只把一条长路拉伸又缩回

写不出很多的痛

有人说我单纯
有的人说我
还拥着少年之心
我从不探究这话的含义
也不思忖是褒还是贬
我统统收容
统统汇总在我的珍藏版里

我总是错认
潮与潮的冲撞

山峰与山峰的对峙
它们在我眼里只是追逐
从不想过多构思
人间有多少的敌视
我最大的想象
黑头发黄皮肤是我的图腾

写不出很多的痛
一些小伤痕的安放
在朝晖亲切落日悲悯之中
它那么渺小
我找不到理由为它抒情
就是有一些眼泪
每一阵风吹来的时候
也落进了风声带来的众生欢笑

不想写很多的痛
我爱选择明亮的画面

山河辽阔

我的笔尖托不起重量

于是点滴的墨

我最愿意让它献身

某一块草地的绿

某一条江河无言的深情

一天空的蓝和满大地的粗砺

七月之辞

想给七月一个说辞

但它只是每年叠加的词组

它们对尘世和众生无辜

它走着一圈圈的年轮

也爬着一级一级的台阶

任何时节任何一个日子的措词

像太阳不经意地守着月亮

蓦然回首不需要理由
不需要躲避任何的审视
只是每一年的七月
六月或者五月四月的类推
它们都旧的旧
半成新抑或崭新
只能那么朴素或盛装成景

总是忘了告诉自己
此时有什么花语
写着这一时段的暗喻
还有成章的悲愁和欣喜
只是这一点的非分
谁也没有退路
和回车键否认是过客

画船一竿何处收

这不是江南画里
该有的空茫
这该是佳人凝眸
水腰出东墙，燕子穿画梁
随风随舟踏着烟波而来
更在何处轻薄了流光
少了粉妆翠绿
黛眉，红纱偏偏不衬云彩

东风沉寂西风尚远
流水尽欢的时分
这烟里苍茫长天寂寞
请凝住数点宿墨
三分旧了的深浅和斑驳
一竿收尽平野，别说影绰约
且慢且慢，江南本少别绪

留影，舟横绿水梦在

注：标题引自纳兰词《浣溪沙·十里湖光载酒游》

归来无语晚妆楼

仅让我
望一眼江南的晚窗
我就看到你了
十里烟波之上的薄浪
点缀的渔火
是你未曾滑落的泪
映出的照影
抑或
硕大的一颗溅入湖心
砸痛了涟漪

江心是否有月

不得而知

我只收容了你的目光

睫毛低垂的表情

我画远山的墨一不小心

沾错了颜色

画舫无心

菩提树叶无意

我偏偏错画了一枝

南国红豆

注：标题引自纳兰词《浣溪沙·十里湖光载酒游》

此刻我注视你

——再致香樟树

去年见你花开

是一场细雨过后的下午
我记得你的白花
细碎一如胆怯的女子
羞涩落于我的裙裾

那时我蹲着看太阳的光影
看它慢吞吞游移
你凌空落下我抬头看你
树叶依然绿着
我看不出痛也看不出欣喜

此刻我注视你
只因我留着去年的记忆
虽然去年如天际云烟
你的香气也未唤醒我此时的神经
我知道季节，开始接近那场相似的雨

天水尽处

这些嫣然自然是美的
有很多的人注目
原谅我不关心这些花朵的名字
也不想知道它以何种风情
扇动大地的神经
它的色彩
以及摆放在这里的组合
只是我欣赏
我偶尔借来应季
偶尔映我的窗
但无关痛痒的一幅画

我被魅惑撩动
被长天尽处的蓝抱着云的姿态
灌醉了。叫做火烧云吗
像深情得含着羞滴泪

我想起温婉

突然蹿出激情的美人

这野性，在这苍茫之际

只对千顷天水，万条长堤

以及戈壁和炙烤过的沙丘

让远方之远，怀想这一条长路

让辽阔为它摇响驼铃

为它烟波之上，击水而歌

我曾如此深爱

我曾如此深爱

人世间每一缕阳光

也爱风雨，霜寒和雪飞

我把这一切当成

生命里必经的过程

也当成，床前明月光里

一头牵着我
一头牵着故乡的澄澈如水

我曾如此深爱
人世间每一张笑脸
瞬间的灿烂，擦肩和飘然
我把这一切绘成
版画上点缀的风景
也绘成，红尘一幅素描
前半幅是我
后半幅众生与我站在一起

我曾如此深爱
人世间的一草一木
爱着胚芽，也爱青红和断枝
我爱揣摩这一切
与我生命所有的关联
也揣摩，落红归去悲喜

每一次重生
倒下的怆然和再一次挺立

我曾如此深爱
经历的每一次挫折
也爱炎凉世态，身前的温暖
爱凉阶夜露悲伤的沉默
与寒星若远若近又若离的纷争
也爱着，这一切的结局
这一阕长歌
吹起尘世泪也嵌进无数的脚印

每朵花都是一种暗示

读花语的人
是某一朵花的化身
因了熟悉，或似曾相识

花语中的每个字
也许是前世
脊梁或胸肋处
失散多年的骨骼

我相信我自己
也曾是
一株狗尾巴草
或向日葵
被风吹落的种子
我无处问只凭着感觉
寻找我仅剩的记忆
在一抹绿的色泽中寻找
血液里的生命因子

我时常想象
每朵花都给人间暗示
梨花桃花背着世人的口舌

走着走着也进了

二月三月小阳春的日子

四五六七这个时段的花骨

掠夺了所有娇宠

八九十月的金黄是江山的色泽

而断崖上的梅花

把长出的诗浸成了粉色

数着数着，我把自己安放原地

回归在一丛草木深处

我对于花朵的诠释

我的汉字就这样完成修辞

灵魂与夜数流光

"夜是最好的诗行，诠释生命的律动——题记"

夜不与任何人细语

只望着空旷
与时光默然而对
静看月光翻阅
飘飞的往事落进流水

夜间的一切静坐一隅
流光牵着你的影子
从各种时段走去又走回
脚步的声音不断更替
这时光隧道时明时暗
你的挣扎只有黑暗可辨

沼泽，暗礁，高山
长满刺的花卉
你从这些包围中看见了自己
像影片跳跃画面动荡
你笑你哭泣……

跨越，横渡，攀爬
无声的倔强写着不屈
光线在头顶渐生恻隐
以微光给你牵引
你可以带着灵魂一起
从黑暗的荒漠里决然突围

夜与黑暗的辩论

"同一平行线的人，不是同流合污的代名词，正
如黑与白彼此鲜明的对立，都在同一纸张上展示
各自的面目——题记"

与你同一个时段，带夕照隐入山谷
给世间万物拉上休憩的大幕
往浪漫空间挪移。它的衣袂在夜的领域
留下想象的飘逸，所有故事渐入佳境

魅惑带来野性。一切都无关黑暗
只是夜的单纯，穿插一段抒情
我的时段简单沉静……
未知在另一边密谋。与我隔着帷幔

时光与我们只是一同存在，并非一个载体
我们无法引体向上，而时光也不可拉我们入水
纵使无法在澄清里行走，某些事物依然混淆着是非
我们总有夜间的花蕾，以及未曾沉睡的眼睛
如果愿意奔赴光明，就在黎明时整装
坦然面对，潮声过后的静寂——

红妆褪后

"人生中的精彩，回忆是美好与感动，也是迷茫的雾霭，烟华过后，那落幕的挣扎，是潮声还是呐喊——题记"

从舞台的魅惑中醒来
让轻纱舞鞋静置在夜的角落
而你，以半妖半人的面目
剖析自己，灵魂在暗夜独自饮泣
一些人一些事，来来去去

影子在来路寻寻觅觅
红妆过后，妖媚与你一见如故
绿得让人心碎落泪，凄美的色泽
犹如孔雀最后的开屏
无人感知无人牵引，你活在往事里

再次扮演主角，自由构思剧情
高潮与落幕在瞬间完成，充满风云雷电
你把结局再一次提升，鼓声和着雨点
朝心灵里暗藏的一抹红艳，独自攀爬——

玫瑰与时光过客

"时光如水，许多故事延续，结尾都各不相同。
生命旅程，爱与怨只一步之遥，而玫瑰，依然是
永恒的诱惑——题记"

你我他，以时光过客的身份
经过满园迷幻的色彩
暗沉的红色，看不见忧郁
所有的过客争先恐后
欺骗自己，热衷这色泽的沉醉

每一片花瓣都有凋零前的游戏
总爱盖住，一首诗一句名言的虚伪
时光在嘲笑，爱和怨只是一个难解的谜语
时光总是不在意，谁都豢养不了玫瑰

春夏秋冬风霜过后，恍然回首之际
没有任何人能告诉你，那来路上站立的影子
谁是谁的谁？宇宙随云波动，大风歌起

岁月那落叶的梗，在原地雨淋，风吹……
故事的段落与结尾，垂成流年的瓣
怒放与凋零……在心底——

绿瘦红肥

我竟无意恋上你
在四月的夜未央之际

我走着走着
你就那么盈盈如翠
给我惊心
心底蓦然颤动

绿瘦红肥
会有单薄的词出动吗
我没有遇到这象征
我所能想到
最浪漫最适宜的词
只是一粒种子的归宿
来过，一些回答
就如誓言一样裸露

我有些想磨墨了
趁更声未浓子夜钟未响
我想做一个流浪人
沿长街，捏下万缕流光

任一头长发

被风轻抚过的时候

放任它，在翠屏似锦里

拂去一身尘

任意东西和南北

当某一天雪落

这是最好的安放

在春秋的怀里

停下浮躁的心绪

蓄积一江水的温和

一条山脉的情怀

深望

就在水远山长里

唤来生命最初的模样

写首诗留给自己

犹如自己亲手缝的布衣

当某一天雪落

手捧这熟悉

再次踱到窗前吧

看眼前的灯火

燃烧一切可以燃烧的温暖

大地眉心

丈量过了

试想一次磨平

所有的障碍和断层

山的棱角

像凝干了血的剑尖

直指梦中相认的峰峦

青与绿黑与白

相近与反义的词
极力学着缩短距离

我只能站在时光的纹路之上
看这苍翠的绿
以定格的方式远别我
开了谢，谢了还开
宿命会是几世的主题
站在这长堤之上
看相望之核，在大地眉心
浅浅画上
江南数点风情
我的水墨渐次而生

与生命有关的话题

心上秋

就是这样凝霜吗

猝不及防的寒凉说来就来了

一切的离别

都是青苔下的痕

日久可以覆盖

揭开时依然清晰的在

什么是旧时光呢

我们可以遗忘很多

可以遗忘该忘该放的

可生命离别的幡

总会招着旷野里的风

一任怀念的眼睛

随一株株狗尾草或任何青绿

对一捧泥土

剪不断丝丝缕缕

尽慰风尘一壶酒（组诗）

尽余欢

疏淡轻远和刻骨铭心

这散落天涯的飘絮

海角的沉积，谁遗失了

还有尘世的呜咽和笑语

在今夜，蝉声未到的春

多少余欢里，以杯中的泪

调出五味。鸿雁已远长亭仍在

远处的山峦，能否扶住

一轮落日一片帆，水穷处

古月今人不说别离

残照渐隐，寒鸦却未远

别梦寒

目光架设的桥，荡来荡去
游移的白云，越飘越远
万里关山，被雨雾一手笼罩
苍茫像一场阴谋举起剪刀
故人的初遇被剪得零零落落
长满青苔的胡笳再次响起
春寒里的风说，今夜不吹长笛
一吹长路就更远了

对金樽

别再说杯中有泪
古人的今时月
难得一次尽展的欢颜
陆游，唐婉，李清照
还有那落魄的后主

那些滴落在沈园
在笺上，在冷月里的叹息
在寒夜的霜中走散了
游荡在今夜春寒里

问明月

嫦娥说无泪了
一粒灵药早已被天庭分解
可那琼台暗影里的绳索
反射的光直指脖子
佳人不说恨，明月可有泪
这天国，无处仰头之地
极致的寒，冻彻几树琼花
登高处，有多少脚步
踏入云中，依然说尘世缥缈

烟花三月

时光收藏的那些
是季节研磨成粉了
关山，是长路缩短又拉长
最终薄薄的纸上城池
也被冰霜弄碎了
但不是人为撕的啊
其实人间，用熬过三冬的暖
捂着每一寸山河

时光为时光的城池
再也升不起旌旗的时候
飞鸟知道
雪的泪在夜看不见的时候
被风吹散了
只是我们这俗子没有看见
心河隔岸太远

但我们看见了该落的桃花

以及不该早逝的春天

我们也不知道

烟花在三月开始

会有这样始料不及的春寒交替

该开的开了

该落的，红尘只给葬花地

斜阳是落日的另一种抒情

斜阳和落日只是相近

定议不可一概而论

夕阳是红霞最后的灿烂

而落日是一种安稳

我更多的想象

斜阳是落日的另一种抒情

夕阳的烈和落日的淡
是最后的奔放与放下的恬静

如果可以自由地放开想象
我们会看到我们久远的故人
他们咯出带血的叮咛
十指就这样张开向着我们

再一次重生，这已足够

——致阳台上的花

休问我曾
抖落尘或者为泥
再一次重生，这已足够
其实我早擦下了泪
为等待

筑起了藩篱

阶沿外月色如水
一千丈红尘在灯彩中沉醉
你的脚印你的背影
却关在
我的栏栅内
终于等到了这场春雨

别轻易言说，你要离开
我的梦铺满了七色
那是我们喜欢的色彩
大雁南归又北去
我不想浓睡，我长望
你的来时路，落满粉红的记忆

人间欢颜

在世相里拣起珠蚌
让泥泞遮盖的光
被眼睛唤醒
从十指弹开的深巷
小桥，村路
抑或城市的街角
延至天水处的阳关大道
晶莹与光的色泽
就这样奔跑
以人间欢颜的姿态

你我他的伤悲
小怨忧和那些磕碰
那些被粉饰的荣华和败絮
就这样受到了冷遇
一次次的不经意

我们在仰天的开怀时

云静，日出

桥下绿水清澈岸上行人稠密

回首，那条路在

已烟霭散尽碧空千里

春来，又将芳草碧连天

忘了冬寒

忘了一地惨白的霜

忘了北风转旋儿的凌厉

只为你会来了吗

只为你会来了

我的窗上

冰花已慢慢隐退

那些水滴留下的痕迹

在短瞬的尘世做着最长的梦 <<<<<<<<<<<<

不再那么冷漠
不再诉说微痛和期许
也不说
转身的背影和归人的落寞
视线里盈满的光
变得分外悲悯

这都是你说过
你说过春雨落后会花开
会有长街上笑声清脆
我设想过很多画面
设想最多的
是裙裾在青草上落地
美人过处红瘦绿肥

原谅我的简单
其实我的想象如此多情
我的简单滋养着我多情的细胞

滋养春天给我催醒的眸子
我自诩目光盛大
其实可以动用的容积
我只容纳一方蓝天三分绿地

等不及梦醒一夜思绪
那些去年今日的长调短句
那些人面桃花，都看作旧人了
移情如此的坦然。全都因了春来
又是芳草碧连天了，我的词语
怀揣着理亏，所有的情衷
全给了一江春水的讯息

春水长天

都说长天是秋水的
是落霞孤鹜，在天际

与烟霭凝住暮色和波光照影

是远山的震颤之声

我特意磨去霜痕

磨去关山磨去失路之人之悲

并非我锁住秋心锁住凉

并非我欺弄了风月

我掌心的山河

春水一点，这大地眉心的痣

便从一缕波光里

诱惑我沉睡的神经

我知道，我的山河病时

我也就病了，而我们需要的药

是同样的，要春草经过阳光翻晒

经过朝露晨光，烟华夕照

今天我要，以我单薄的骨骼
在旷野，支起画板
我要世间的墨，与笔钟情的时刻
也会记得，春水长天是十万里歌谣

月如眉

凝视一切生灵与草芥，卷起凌厉
所有的事物沉睡之后，倒出尘埃的核
用肉眼过滤和清洗，用意念串起
尘净烟消时，归档时空之旅

一切不是抒情的，那是世间万物的事
是花鸟虫鱼，是盘古开的天地
是黑或红的土壤，滋养出来的人类
以清澈和浑浊，扯起呐喊之旗
冲进风的密室，摇醒霜雪与风雨

从来没有谁呼唤你乾坤之母

隐藏一切泪，得与失在语言之外

天地之父光芒的背后，黑暗中

淡然一弯眉，安抚叹息

安抚灵魂，安抚对峙的悲与喜

缺是妒恨之词的咒语

申辩也免了。尘世的泪是冰生养的水

长成咸涩的盐花，锈蚀一切可以锈蚀的物象

泪也可以生成火，烘焙悲悯

把无影的骨骼也丢入火，焠炼汗的回忆

天空澄澈，幽蓝的光焰最后巡礼

总有一些淡如水，总有一些

怨入骨，步入一病不起

闻过丁香，看过蔷薇绽放

我知道，收容彼岸花

收容罂粟，这被人忌讳的火照之路

这黑色城池的通道，只有眼中
映入证言，摒弃一切原罪

人世的光芒与荣耀燃尽，落地成灰
高与低成灰，生死成灰爱恨成灰
天空扶不起一片成泥的叶
扶不起一滴落下的雨，唯历史在炉中
蹿出的词，沿太阳光之道
度到星光行列，完成组合的书写
苍茫浩大逝水东流，月如眉

2016/11/13 下午完稿

· 后记 ·

感恩与你相遇

——《在短瞬的尘世做着最长的梦》后记

童 心

也许一个人的内心感应，源自于内心的希冀，这就是梦。我是个爱做梦的人，从小便如此。我爱在梦里收集星辰、月辉、火焰、光明和水的柔情；收集雨露、霜寒、喧嚣、宁静这些相互矛盾的物体和意象；也收集温暖与寒凉。因为只有这样的反照，我才能在镜像里珍藏起人间的一切美好，温暖和内心自然成行的诗句。我才能完整地拥有这些，怀抱这些……才能珍藏这不可重来，不可复制的一段生命旅程……

　　感谢2017，感谢中岛、于金琳，及所有"博客中国
诗歌助力计划"全体老师们的付出，感谢这一年的春水
初醒，让我在这春天律动的气息中，在每一滴露珠泛着
亮光的清晨开始，走过诗歌的桥梁。上千位来自天涯海
角的师长、文友们，以及我的亲朋好友，用温暖的目光
和伸出的援手，接力般牵着我一路一步地走来。我向前
和回首，消沉和意志将尽的时刻，这些交织的目光，这
些叠起的双手，熟悉和不熟悉的容颜，都一直在，目送
和迎着我在这一段路上的脚步。每次我倦了、累了，或
黑夜将近的时刻，都是这些手，给我寻找光源和擎起火
把。如果说，一个人内心深处藏下和给予最多的都是世
间的温情，那么我收藏的是这些无言的大爱，也成了我
的深情泊放和回眸之处。我将永远走不出这一次相遇。

　　曾记得众筹开始的时候，我像一个羞于观众的怯场
者，只在自媒体平台上转发并加上了简单的引导语，坐
等支持的时刻如芒在背。短暂的尴尬之后，第一位给我
支持的竟是一位在校大学生，之后还有另一位藏族大学
生也支持了我两本，他们是在校学生诗人芙泉和才仁久
丁（沐光/藏族），这令我非常感动。因为他们是在校大
学生，在微薄的生活费中给我如此厚重的深情，我无法
选择恰当的语言感谢，只有记得。

　　从众筹之初的登场到努力攀爬，我每走一步都是有人搀扶着我前行，我中途曾几度消沉，是一位接一位的支持者给我信念支撑，我才走完这段历程。如果说前二位大学生诗人的支持，是我诗集封面的生动插画，那么远在广东的深圳"相约旗袍"国际有限公司董事长李艳华姐姐，则为我庄重地翻开了扉页，她在给我支持的留言中写道："妹妹，一点心意请收下，支持你的诗集成功出版，今天看了那篇序才知道你在众筹，收下吧，多少能帮上点忙……"这是千里之外的深情厚谊啊，帮助我的人尚且如此鼎力支持我，我自己有什么理由停滞不前……那时我泪盈于睫，同时也想起78岁高龄的苗老在为我写的序言中的话："当今时代，想做梦，也并不容易。因为在市场经济大潮的冲击下，社会上形成了一股以金钱为轴心旋转的喧嚣与浮躁，使原本应该和谐一致的物质享受和精神需求，出现了断裂和悖反，造成了人灵肉分离的生存困境。面对此种文化历史语境，人该不该有梦，该有怎么样的梦，就成了一个诗人何为、诗歌何为的不容规避的历史和美学课题。诗人童心，是肩负了这种艺术使命的……"这样的肯定和鼓励，虽然我有欠这样的褒奖，但这些鼓励和厚望，我不可辜负和轻易放弃，我没有理由不往前走。

　　还有贵州省诗人协会秘书长、著名诗人郭思思老师，著名词作家、诗人胡棉创先生，远在新疆的维吾尔noto文艺流派带头先锋诗人卡斯木江•吾斯曼•尕孜，福州诗人林敏苏，江苏诗人陈辉，资深媒体人萧宇等，都默默地大力支持我，他们有的甚至没有告诉我，是我要求主办方在后台查询才知道……这些老师和诗友，都是我从未谋面的人，他们与我仅仅是文字上的交流，却给了我如此大的支持，不仅仅是感恩这句话，就能表达我的感恩，我的生命历程中珍藏下这些的同时，也储存了人间至真的真纯美和有诗的远方。

　　其实人的意志与激励是密不可分的。诗集众筹总策划中岛先生在繁忙的工作之余，也给我写下让我感动的推荐语："作为本次入选的唯一一位女诗人童心，她的诗歌充满了美好，她对这个尘世的寄托也是有满满的爱与想往，可见其情操是如此的纯厚，从中可以看出她对生命的热爱是最阳光的，她生动的为这个世界抒情着美好的事物，让尘事多了许爱与温馨。其实，这正是诗人应该做的事。为什么更多的人喜欢李白，因为他留给我们的美好太多太多，因为他的爱不是单纯的个体之爱，而是把这种美好送达给大家。童心的诗集《在短瞬的尘世做着最长的梦》正是以这种美好的方式完成她诗歌的写作内涵，以至于她的诗歌具有享受感，它超越了诗歌本体，正像她的名字童心一样，那纯纯的童趣，闪亮般的点燃她诗歌的世界。"这些温暖的语言超越了推荐，我把这些鼓励和肯定看成我生命的灯塔，我相信我升帆和远航，都不再会惧怕惊涛，暗礁，黑夜和长路迢迢。

　　也正是这些鼓励和源源不断的支持者，完善着我的人生目标和人生观，价值观。我将永远记住这些名字，这些支持我的人们，其中有政府官员，有房地产商，有企业家，企业高管，新闻媒体，海外华人作家、律师、教师、各行各业的普通员工和在校学生……当这部诗集众筹数额完美落幕的时候，我收获的不是三万九千多元的数据，我手中托着的是上千颗星星一样的光亮、是太阳辉光一样的温暖。这些名字，如我窗前风铃上摇动的音符……他们来自天涯、来自海角、来自远乡和近水。也有来自我的故土之上，来自我的亲人之间。天南地北，我记得这样的相遇、这样的拥有，在这个春天的路上，我的这些师长，亲朋好友们伴着我，一路汗珠一路歌，终于带我走过风雨和沼泽，来到这一片阳光地带。

　　生命里有诗，就一定有远方。生命里有你，我就可以抵达。我永远会记住：行路者，恍若朝圣者，我只要用心向往光和希望，走着走着，就会遇到光明给我心智的启迪和前行的动力……感谢，前行是我唯一的感恩和铭记。

　　再次感谢有爱的国度、感谢有诗的民族，感谢上千位同胞的倾力相助。我以掌心托起，这世间无价的情谊，我会坚守诗心与感恩之心，以这聚集的光源照亮自己，也照亮我力所能及的远方，继续努力，不负尘世如此美丽。这些储存在我心里的名字，都是我在2017初春，在掌心里刻下的笔画，我会让这些名字与时光同游，壮我行程……

2017.4.19于江西